EL BALCÓN EN INVIERNO

colección andanzas

Obras de Luis Landero en Tusquets Editores

ANDANZAS

Juegos de la edad tardía
Caballeros de fortuna
El mágico aprendiz
Entre líneas: el cuento o la vida
El guitarrista
Hoy, Júpiter
Retrato de un hombre inmaduro
Absolución
El balcón en invierno

TEXTOS EN EL AIRE

¿Cómo le corto el pelo, caballero?

MAXI

Juegos de la edad tardía
Retrato de un hombre inmaduro
Caballeros de fortuna
Absolución

LUIS LANDERO

EL BALCÓN EN INVIERNO

TUSQUETS EDITORES

1.ª edición: septiembre de 2014

Diseño de la colección: Guillemot-Navares
Reservados todos los derechos de esta edición para
Tusquets Editores, S.A. - Avda. Diagonal, 662-664 - 08034 Barcelona
www.tusquetseditores.com
ISBN: 978-84-8383-929-4
Depósito legal: B. 14.359-2014
Fotocomposición: Moelmo, S.C.P.
Impreso por Romanyà-Valls
Impreso en España

Índice

A Luis y a Francisca,
a Cipriano y a Antonia,
a Luis y a Alejandro,
a Diego.

1
No más novelas
Septiembre de 2013

Ayer comencé a escribir mi nueva novela, y aunque al principio las cosas iban bien, e incluso me abandoné a deliciosos raptos de euforia por la facilidad con que despachaba los primeros compases del relato, luego, al apurar la tercera Mahou de la mañana y al leer de un tirón lo que acababa de escribir, y según leía, me fui poniendo cada vez más y más triste, hasta que al llegar al final me sentí profundamente abatido, como nunca en mi ya larga vida de escritor.

Tranquilo, me dije, me aconsejé, no seas ingenuo, no te dejes vencer por el pesimismo antes incluso de empezar la batalla, ¿o es que no te conoces? Ya verás como mañana, o quizá dentro de un rato, lo que hoy es horrible te parecerá maravilloso, y luego volverá a parecerte horrible y luego otra vez maravilloso, hasta que al fin te resignes a lo inevitable, porque esas son las reglas disparatadas de este oficio. Así que respiré hondo y volví a leer lo escrito, esta vez más despacio y con la mirada más distante y ecuánime:

Las armas de fuego siempre habían ejercido sobre él una oscura atracción. Muchas veces había pensado que con una pistola en el bolsillo, aunque fuese una de esas para señoritas, que parecen de juguete, hubiera sido otro hombre, más seguro de sí, más capaz de sustentar las miradas ajenas, otros andares, otra filosofía, otra manera de callar, otro modo de ser. Incluso no le tendría ya miedo al dolor ni a la muerte, ni a los desengaños propios de la vida, porque en el bolsillo llevaría a todas horas la mejor medicina contra ellos. Y esto ya desde muy joven.

Y ahora tenía cincuenta y ocho [sesenta y tres] años, estaba recién jubilado, y además de la pistola [¿una Smith Wesson o una Gluck del siglo XIX, o cualquier otra más moderna que consigue en el bar Asturias?] llevaba siempre 10 euros para limosna en los bolsillos, 5 en monedas (dos de 1 y seis de 0,50), y el resto en un billete de cinco. En el bolsillo izquierdo del pantalón guardaba las monedas de 0,50, en el derecho las de 1 euro, y en el bolsillín superior de la chaqueta el billete de cinco. En cuanto a la pistolita, pensó primero en inventar un mecanismo para llevarla oculta en la manga de la chaqueta y desenfundarla en un visto y no visto, como los antiguos tahúres del Misisipi, pero finalmente optó por hacerse una funda de cuero y esconderla debajo del calcetín derecho, asegurada al tobillo con una fuerte goma elástica. Con su pistola y sus limosnas se sentía un hombre sereno, ponderado, secretamente poderoso, capaz de juzgar a sus semejantes y de premiarlos o castigarlos, si llegaba el momento, según su particular y justo parecer. Y eso que el arma la había adquirido como cosa de capricho en una tienda de antigüedades, y aunque la engrasaba a menudo y disparaba en seco para asegurarse de su funcionamiento, aún no la había probado con fuego real, en parte por miedo de que no funcionase y en parte por no gastar ninguna de las seis balas que el anticuario le había proporcionado. Eso sí, tanto en casa como en la calle, la tenía y llevaba siempre cargada, con el seguro puesto, y por las noches se sentía más a resguardo durmiendo con ella bajo la almohada.

Las mañanas las dedicaba a ver la televisión (series de dibujos animados y debates de actualidad), a chatear (foros políticos y eróticos), a hacer prácticas de tiro (agacharse y subirse la pernera del pantalón, deslizar la mano bajo el calcetín, desenfundar, quitar el seguro, amartillar, apuntar y disparar, todo en un único movimiento mecánico [¿ha visto *Taxi driver?* Psss]), a las tareas domésticas, al bricolaje, y poco más. Almorzaba un pedazo de pan del día anterior tostado y untado con ajo y aceite, a media mañana hacía un tentempié de tres nueces y dos rábanos crudos, y comía siempre en casa, casi siempre sopa de cebolla y pollo asado o calamares fritos, y de postre una pieza de fruta.

Por las tardes, después de la siesta, salía a dar un largo paseo por la ciudad. Siempre iba limpio, bien afeitado y bien vestido. A veces iba por Cuatro Caminos hasta la plaza de Castilla, otras tiraba hacia la Puerta del Sol, o hacia el Manzanares, o se desplazaba hasta las barriadas del extrarradio, aprovechando su abono gratis de transporte [¿tienen los jubilados ahora abono gratis de transporte? Preguntar a mi madre o en el bar Asturias].

Y lo que más le gustaba o le atraía en sus paseos, era fijarse en los mendigos. A veces se paraba largamente a observarlos. Sabía que entre ellos hay muchos mixtificadores e impostores, los holgazanes, los borrachuzos, los que se hincan de rodillas sobre el duro pavimento con la cabeza gacha y los brazos en cruz (algún mecanismo ocultarán bajo las mangas para resistir tanto), los viejos, y algunos incluso muy viejos, que disfrutan de una pensión pero que aun así, y por pura ansia, se dedican a mendigar y a rebuscar en las papeleras y contenedores y a hacer cola en los comedores sociales y a disputarles las sobras de los supermercados a los hambrientos de verdad, los que se inclinan servilmente y te acosan con sus quejumbres y zalamerías y haciendo sonar ante tu rostro, como un hechicero sus sonajas, un par de monedas de cobre en un sucio vaso de plástico, los histriones que quieren contarte, venderte, el folletín de sus calamidades, los que portan un cartón basto de embalaje donde con mala letra y algunas calculadas faltas de ortografía, y en audaz síntesis, dan fe de sus miserias, los pacíficos negros africanos que venden *La Farola* (de todos, estos son los que más garantía y simpatía le ofrecen), y hasta los tullidos, porque hay tullidos que fingen o exageran sus averías, tullidos profesionales, y hay otros que, aun siendo tullidos de verdad, y con deformidades que parecen sacadas de una pesadilla o de una película de casquería de serie B, no por eso dejan de ser unos farsantes, o instrumentos de alguna mafia centroeuropea, que se enriquece a sus expensas y a costa de los buenos sentimientos de la gente de bien. No, no todos los mendigos, ni muchísimo menos, son dignos de confianza, merecedores de piedad. De hecho, a veces daba una limosna de 0,50, o incluso de un euro, y muy raramente —un arranque incontrolable de emoción donde se confundían la solidaridad y el amor propio—, el billete de cinco, pero más a menudo regresaba a casa con los diez euros íntegros en los bolsillos. En general, le parecía que el hombre no es una especie de fiar.

Un día, intrigado por el misterio que rodea a ciertos mendigos, y a uno en particular al que venía estudiando desde hacía tiempo, decidió seguirlo [¿se disfraza de mendigo? No, demasiado novelesco] al final de la jornada para averiguar adónde iba y con quién se juntaba. Con su arma bajo el calcetín, no le tenía miedo a la aventura, y hasta se sentía atraído por el secreto placer del azar y del riesgo.

Este era, pues, el principio de la novela, y tampoco en esta ocasión me satisfizo la lectura. Ya en las últimas frases había vuelto a sentir la misma tristeza y el mismo abatimiento de la primera vez. Por un lado, me asqueaban mis propias palabras, que un rato antes habían comparecido ante mí llenas de novedad y de vigor, y que ahora me sonaban falsas y artificiosas, como si yo fuese aquel mendigo que agita y hace sonar su vasito de plástico ante el lector, implorando la limosna de su admiración. Y por otro lado, de pronto se me representó con total y desolada nitidez lo que habría de ser mi vida en los próximos años. Dos, tres, cuatro, quizá hasta cinco años, sentado en esta mesa, ante este atril —las cervicales—, rodeado de plumas y lápices, de cuadernos, agendas, cartulinas, folios para sucio, papelitos con notas tomadas al vuelo, latas aplastadas de Mahou, rachas de júbilo y momentos de angustia, y siempre a vueltas con el jubilado y sus andanzas, mientras afuera, tras el balcón, florecería y se marchitaría la acacia, perdería sus hojas, y el viento arrastraría alguna hasta mi mesa como advertencia más que como ofrenda, y enfrente, en el inmueble del otro lado de la calle, la vertiente de un tejado con chimeneas y claraboyas y bohardillas, algún gato, balcones con bombonas de butano y alegres macetas de geranios, y a veces una violinista que se mece de pie ante un atril con gracia de arlequín, al compás de la música. Eso es todo, ese es el panorama que llevo viendo durante años desde mi puesto de trabajo.

Y, mirándolo ahora una vez más, me pregunté, o más bien acudió en tropel un cúmulo de sensaciones que podría verbalizarse más o menos así: ¿Qué vida absurda es esta?, ¿qué vas a hacer con los años, quizá no muchos, que te quedan por vivir? Porque llevo escribiendo desde la adolescencia y ahora soy casi viejo, ya pueden verse las primeras sombras del crepúsculo al fondo del camino. Pronto empezarás a oler a viejo, pensé. Estás en una edad en que las balas pasan cerca y, con suerte, podrás escribir aún otros dos, tres, cuatro libros quizá. Y siempre aquí, junto al balcón, junto a la acacia, y al fondo la estampa inalterable del inmueble vecino. Por si fuese poco, a veces caigo en la tentación de pensar que a mí en realidad no me gusta escribir, que a mí lo que me hubiese gustado es una vida de acción, y que todo esto de la escritura es el fruto de un espejismo, de un malentendido vocacional que se originó allá en la adolescencia, y que por tanto he equivocado mi vida y, a fin de cuentas, la he desperdiciado. La literatura me ha llevado además a estudiar filología y a ser profesor de literatura, a casarme con una filóloga, también profesora de literatura, a tener amigos filólogos, a abarrotar la casa de libros literarios, a rodearme de un modo casi enfermizo de plumas, de lápices, de sacapuntas, de cuadernos de todos los estilos y tamaños, de ingentes cantidades de papel. De adolescente soñaba con haber sido pistolero en el Lejano Oeste. Ahora cambio los cartuchos de tinta de la estilográfica con la misma rapidez y destreza que si recargara el revólver en una refriega contra los comancheros. Esto es lo que pienso en algunos momentos, mientras me quedo con los ojos suspensos en el aire.

Ya al anochecer, a veces se enciende la ventana de la violinista, tan joven, tan esbelta, y la enmarca en su rectángulo de luz como si fuese algo mágico, la silueta traviesa de un duende proyectada sobre el espacio irreal de un ciclorama. Cuando se cansa de tocar o hace una pausa, apaga la luz de la habitación y sale a fumar al balcón.

Entonces, al ver desde mi sillón de viejo enardecerse y palidecer en la oscuridad la brasa del cigarro, a veces siento una nostalgia llena de hondos pesares. Es nostalgia y pesar de la juventud, de la belleza, de la acción, de todo cuanto sucumbió al tiempo, pero también de lo que no llegó a vivirse, de los alegres decires nunca dichos, de las correrías nunca emprendidas, de los amigos que no tuve, del amor apenas entrevisto, de la vida dilapidada en vano, y de lo breve e ilusorio de los ahoras, de los mañanas y de los entonces, y de todo este pobre negocio de años y de afanes de que está hecha la vida.

Y esa misma nostalgia fue la que sentí al leer el inicio de mi nueva novela. La última la publiqué hace ya casi un año y durante este tiempo me he dedicado mayormente a navegar por Internet. He aprendido muchas cosas tan inútiles como curiosas, como por ejemplo cuáles son las patatas más caras del mundo y por qué son tan caras, la potencia en caballos de los grandes trasatlánticos, las andanzas del cocodrilo Gustavo, que se ha papeado ya a doscientas personas, que en Singapur está prohibido masticar chicle, que las hormigas nunca duermen, modelos de pequeñas pistolas, tipos de mejillones de agua dulce, tarifas y usos de mujeres famosas españolas que al parecer no le hacen ascos a la prostitución...

Cosas así. Y de tarde en tarde me decía: ¡Qué! ¿Cuándo vas a ponerte a escribir? Pero yo estaba reñido con la literatura, saturado de ficción, y hasta los buenos libros me aburrían. Así que, incapaz de escribir ni leer, engolfado en el ordenador por las mañanas y ante el televisor por las tardes, la culpa se fue apoderando poco a poco de mí. Hasta que un día al fin me puse a darle vueltas a una historia que me rondaba vagamente desde hacía tiempo, y en menos de un mes armé un esbozo con todas las piezas del relato, argumento, acción, trama, personajes, tiempo y espacio, de modo que ya solo quedaba comenzar a escribir.

Inventar y estructurar me resulta fácil y divertido, casi un juego de niños, y ojalá que la literatura consistiera únicamente en eso, pero escribir ya es otro cantar. Escribir es lo más creativo, lo más gozoso, el soplo que da vida a las figuras aún inertes, lo que sería en el cine poner la cámara en acción o tomar sus pinceles el pintor tras algunos bocetos, pero también es lo más delicado y lo más arduo. Yo siempre me acerco al atril con el temblor del enamorado primerizo en los albores de una cita. Y por querer, yo quisiera escribir como un niño a quien el hombre sabio y experimentado, con destrezas adquiridas en muchos años de soledad y de estudio, viene a rendirle pleitesía, a ofrecerle presentes, como si el niño fuese un rey caprichoso y tiránico, pero legítimo y único rey al fin. Tantas mañanas de escritura, tantos atardeceres de descansar la mejilla en la mano, los ojos escocidos de tanto leer... Qué sé yo, todo eso cansa, y a veces aburre y desanima... Pero el niño es incansable y juega sin parar, y cuando el sabio duerme con su camisón y su gorro con borla, el niño sigue jugando con botones y cajas de cartón que son ejércitos y reinos y batallas, poniendo en el mundo un orden nuevo, contando para sí las historias secretas que el ciego corazón le dicta. Así es como me gustaría escribir y así es como sueño que escribo en mis buenos momentos de inspiración.

Por lo demás, yo siempre he sido, y esto no parece que tenga ya remedio, un tipo inseguro, que descree de sus cualidades y tiende a pensar que sus éxitos (un notable en la escuela, una muchacha que lo quiere, un premio literario) son solo un equívoco, y que ya aparecerá alguien que lo desenmascare y lo muestre ante el público como lo que es: un impostor. Señores, he aquí al fullero, al ventajista, no se dejen engañar, vean el as que escondía en la manga, y vean que lo que parecía talento es solo habilidad y algo de astucia. Con el tiempo, sin embargo, no es que me haya curado, pero el mismo convencimiento de que mi inseguridad es incurable, y mi escepticismo, a veces sincero, respecto al éxito y al fracaso, me han ayudado mucho a soslayar, o a sobrellevar sin grandes apuros, esa querencia psicológica. Por otra parte, la propia escritura, a la que tanto quiero y temo, y la soledad y el amor innegociable a la libertad que este oficio requiere, me hacen a menudo fuerte, orgulloso, soberano y feliz. Señor de mí mismo. Mendigo que al tomar la pluma —varita mágica— despierta hecho rey, como en los cuentos populares. Pájaro que canta a su libérrimo albedrío en la silenciosa profundidad de un bosque.

Total que, pensada y planeada la historia, cargada de tinta la pluma, afilados a conciencia los lápices, despejada la mesa, numeradas las hojas, un día me atreví por fin a ponerme a escribir. Había esperado con secreto alborozo y no tan secreto temor ese momento. Es absurdo, yo no creo en Dios, y sin embargo, antes de acercar la mano al papel me hice sobre el rostro el garabato de la cruz. Es una superstición que tengo desde niño, cuando sí creía, y que no he conseguido nunca erradicar. Eso, y alguna que otra morisqueta, es lo que queda de mi experiencia religiosa. Por ejemplo, cuando voy conduciendo, de pronto siento la necesidad —el tic— de soltar el volante y tocarme las manos y al mismo tiempo de guiñar un ojo y mirar con el otro un trozo de cielo que esté libre de toda señal de vida o de materia —si hay un avión, un pájaro o una nube, ya no vale el conjuro—, mientras rechino los dientes y arrugo la nariz, no lo puedo evitar. Es algo muy breve, un visto y no visto, y lo repito cada pocos kilómetros. Algún amigo me ha dicho más de una vez: Un día te vas a dar una hostia de campeonato, y todo por gilipollas. Pero el caso es que comencé a escribir y, la verdad, no hay tarea más gratificante que esta cuando las cosas salen bien, cuando la mente se te llena con la música del lenguaje, y las palabras y las imágenes acuden solícitas al reclamo de la frase y las frases fluyen sin tropiezo, una le pasa el testigo a la otra, como los corredores por equipos, o como futbolistas que combinan entre ellos amasando la jugada y madurando la ocasión de gol, dame, toma, suéltala, deja ya de chupar, desmárcate, ofrécete, abriendo a la banda...

Y así seguí, hasta que luego, al releer lo escrito, donde esperaba encontrar el fulgor de lo ardoroso y de lo nuevo, encontré solo baratijas sentimentales, remedo de antiguas emociones, rebañaduras de viejos festines, el brillo rutinario de algún hallazgo que proclamaba en sus pretensiones estéticas la insinceridad de lo que se escribe con oficio más que con devoción.

Y entonces, mientras miraba tras la ventana, me dije: ¡Oh, no, Dios mío, otra novela no, otra vez no! Otra vez el hombrecillo gris y sus grandes o pequeños afanes, no. Y me sentí de antemano cansado y aburrido de la ficción, de los trucos retóricos, de las frases bien hechas, de las expectativas bien urdidas, de las penosas dudas hamletianas ante un adjetivo o ante el cierre de un párrafo, de la música verbal que acaba siendo canto de sirenas... En mi oratorio de eremita, a estas alturas tan escépticas de la vida, todavía alguna vez me recorre la espalda un escalofrío de pánico. Son los sucios, los ridículos espantajos que vienen a tentarme con la promesa de la gloria póstuma o la amenaza de un olvido atroz. Qué absurdo, qué absurdo es todo esto.

Y, además, ¿tantas fatigas para qué? ¿A quién van a interesarle en estos tiempos las pobres andanzas de un jubilado maniático con su pistolita y sus limosnas? ¿Es que no ves que hoy casi nadie lee novelas, o al menos novelas literarias, y que hay placeres y modos de entretenimiento, y ofertas de ocio en general, más fáciles, baratas e instantáneas, y que tú mismo durante estos meses te has entregado gustosamente a ellas, como un niño en una tienda de chuches, feliz quizá sin atreverte a confesarlo? Y no es que uno crea que la novela va a desaparecer, como tampoco desaparecerán el sueño o el recuerdo, que son las formas más divulgadas de narración, pero cada vez habrá menos lectores, y luego menos, y así poquito a poco hasta que se vean convertidos en una especie de secta, como los cristianos de las catacumbas.

¿Es ese el destino de la literatura? Y en cuanto al mío, a mi propio destino, el ya consumado, el de la vida ya vivida, o más bien malvivida, el tiempo ya usado y el que aún me queda por usar...

Pero aquí el pensamiento se me distrajo con los gritos de un grupo de niños con babis que corrían por la acera. Me quedé con la vista alelada en el aire hasta que los gritos se borraron en la distancia. Miré a la calle. Tres señoras con carritos de la compra y un viejo con bastón de paseo y sombrerito tirolés hablaban en corro, y hasta mí llegaban débilmente sus voces. Una joven alta y atlética con chándal y cascos de música pasó como flotando, sin que su larga melena rubia se alterase apenas con los saltos rítmicos de la carrera. Vi al dependiente de la tienda de alimentación que cruzó con su pedido al hombro, su media bata azul, sus andares chulapos, y que sin dejar de caminar giró la cabeza para ver alejarse a la joven y que luego saludó a los del corro con una broma, una frase ingeniosa y convenida, y quizá picante, a juzgar por las risotadas escandalosas con que le respondieron las señoras. ¿Qué más? Una patrulla de palomas de infantería avanzando a paso de carga por medio de la acera. El coloquio, los gritos, las risas, las carreras, el laborioso ir de unos y otros, el secreto latir de una ciudad en marcha. Estamos en plena crisis, pero mal que bien la vida sigue su curso mientras en las alturas el vendaval de la historia sopla con dureza.

Y entonces sentí, pero con una intensidad nueva y juvenil, lo que ya he sentido otras veces, que la vida no está aquí, sentado ante un atril en la soledad de un cuarto y rodeado de libros y papeles, sino ahí fuera, en el bicherío de la calle, en la efervescencia de lo público, en la prontitud de la acción, en el limpio y humilde batallar de los días. Sí, como casi todos, lo he pensado más de una vez, pero nunca me había animado a más. Ahora, sin embargo, ante la imperiosa llamada de la vida, cogí un puñado de dinero, me puse mientras bajaba ágilmente las escaleras una cazadora de entretiempo y me eché al mundo, como el jubilado de mi historia.

Paseé por el barrio, sin alejarme de él, crucé palabras joviales con algún conocido, miré escaparates, comparé precios, compré unos higos, entré a tomar algo en el bar Asturias y me acodé al fondo de la barra, que parece la barra de un saloon del Lejano Oeste por la catadura bronca y solitaria de los parroquianos que se reúnen allí cada mañana, obreros todos en paro, gente con callo y mala leche, todos silenciosos y mal aseados, proletariado terminal que bebe licores baratos y escucha la tertulia política de la Cope, tosiendo, gargajeando, esperando a que algún portero de los alrededores venga a solicitar los servicios de alguno de ellos (luego ya arreglarán las cuentas por la intermediación), una cisterna, una gotera, una cerradura, un enchufe, una manita de pintura, cualquier chapuza que les permita perseverar en su ser y proseguir su camino hacia el apocalipsis prometido, y allí estuve un buen rato, porque ¿qué otra cosa sino aquel duro silencio con el guirigay de la tertulia política al fondo, aquel ambiente, aquellos hombres malencarados, era la vida en su estado más puro y actual? Tras un comentario político, alguien blasfemó, miró a los demás convidándolos a la blasfemia, hubo un gruñido coral y otra vez se hizo el silencio. Aproveché para salir y seguí caminando, observando, saboreando las primeras señales del otoño, ayudé a un ciego a cruzar la calle, di una limosna a un acordeonista, en un parque vi jugar a los niños, me senté en un banco, enredé un poco con el móvil, y al rato ya no supe qué hacer. No supe qué hacer.

¿Qué hago yo aquí?, me dije, y bostecé. Y al rato, ¿cómo he podido dejarme embaucar por el romanticismo pueril con que cantan estas otras sirenas? No, la vida no está aquí, y de estar en alguna parte está allí arriba, al menos para mí, en mi cuarto, junto a la acacia y ante el atril, entre mis cuadernos y mis libros y mi material de papelería, y en las palabras, y en la imaginación que, poca o mucha, me ha concedido la naturaleza, ese es mi mundo, a él me debo, y sólo en él me toca laborar.

Regresé primero despacio y después más deprisa, cada vez más deprisa, porque algo me espoleaba por fuera y me reconcomía por dentro, tiré los higos en una papelera, subí a trancos los cuatro pisos, fui derecho a la mesa y leí otra vez de un tirón, respirando atropelladamente, el arranque de la historia. Y no me pareció del todo mal. Pero, dudoso aún, intentando calcular si tendría o no ánimos y convicción para seguir adelante con ella, me quedé otra vez con la vista perdida en la calle, sin saber qué hacer o qué pensar.

Porque, si abandonas la novela, me dije, ¿qué haces? Es decir, ¿qué escribes? Porque no sabes vivir sin escribir. No sabes. ¿Algo de tu vida, quizá de cómo la fantasía y el lenguaje fueron arraigando en tu alma hasta que, casi sin darte cuenta, te convertiste en poeta, allá en la adolescencia? Pero eso, ¿será más fuerte y auténtico que la pura ficción? Vamos, vamos, ¿desde cuándo lo vivido, en literatura, es garantía de la verdad? ¿Y hasta qué punto el carácter imaginario de la memoria, y tu afición a la inventiva y al embuste, no te llevarán fatalmente hacia el derrotero de las patrañas novelescas? Con razón, ya de pequeño, todos decían de ti: Pero ¡qué mentiroso es este niño!

Y sí, es cierto que desde muy niño intuí que en general las verdades sencillas son poco creíbles, y desde luego menos que las mentiras complicadas. He sido profesor durante muchos años (ya estoy jubilado), y mis alumnos, que me conocían bien, si llegaban tarde a clase no contaban que se había retrasado el autobús, o cualquier otro pretexto inverosímil, sino una breve historia extravagante. Este era el pacto entre nosotros, y cuando alguien entraba a deshora en el aula, todos disfrutábamos de antemano de la invención que nos disponíamos ya a escuchar.

¿Qué hacer?, ¿dónde está en verdad la vida?, pensé, y me quedé así, dudoso entre las voces que llegaban de afuera y el rumor de las palabras escritas, que aún seguían resonando en mi mente.

2
El sonido más triste del mundo
Septiembre de 1964

Salí al balcón, a ese espacio intermedio entre la calle y el hogar, la escritura y la vida, lo público y lo privado, lo que no está fuera ni dentro, ni a la intemperie ni a resguardo, y entonces me acordé de un anochecer de finales de verano de 1964.

Mi madre y yo salimos también al balcón, a tomar el fresco del día recién anochecido. Yo tenía dieciséis años, y mi madre cuarenta y siete. Mi padre, con cincuenta, había muerto en mayo, y ahora se abría ante nosotros un futuro incierto pero también prometedor. ¿Cómo era entonces nuestro barrio? Porque entonces Madrid acababa como quien dice allí, en el barrio de la Prosperidad. Más allá, hacia el aeropuerto de Barajas, había edificios aislados, algunas casas pequeñas y pueblerinas, merenderos con emparrados y el juego de la rana en la puerta, descampados, montones de basura y de ripio, terraplenes, campos de fútbol de tierra, cuevas donde vivían familias de gitanos. Había también rebaños de ovejas que pastaban por los muchos solares del barrio, y que pasaban por nuestra calle al atardecer, camino del canalillo de Isabel II, donde abrevaban, y luego de recogida hacia las majadas que había por aquellos despoblados. Pero después, primero poco a poco y luego casi de golpe, como cosa de magia, aquellas extensiones yermas empezaron a poblarse de bloques de viviendas, de barrios bonitos, con calles amplias y parques para los niños, y rascacielos y avenidas, como si un cataclismo milagroso hubiera cambiado de repente el paisaje.

Sin querer, pensando en aquel entonces, imaginándome el silencio que habría en la casa y en la calle aquella apacible noche de septiembre, de pronto se me vino a la memoria el ruido rudo y acompasado que durante años fue la música de fondo de toda la familia, y supongo que también de la cercana vecindad. Yo tenía tres hermanas: la mayor, la mediana y la pequeña. De la pequeña lo que mejor recuerdo son unos leotardos rojos y unos zapatos de charol negro abrochados por una trabilla con un botón de nácar. También que tenía un colmillo fuera de sitio y que a veces se pasaba el día llorando y rabiando porque quería que se lo arreglaran y en casa no había dinero para tanto. La mayor y la mediana, junto con mi madre, trabajaban en un taller de punto y de costura que habíamos instalado en casa apenas llegamos a Madrid, cuatro años antes.

El taller consistía en una enorme tricotosa manual, toda de hierro macizo, una devanadora eléctrica, la máquina de coser y creo que poco más. Todo eso en una habitación interior de unos nueve o diez metros cuadrados. El carro de la tricotosa, movido enérgicamente a dos manos de extremo a extremo del carril, que debía de medir casi dos metros, hacía un ruido abrupto y machacón, ras, ras, ras, todo el día mis dos hermanas turnándose en aquel trabajo bruto y agotador. Mi madre cortaba, ensamblaba y cosía las prendas, jerséis, rebecas, chalecos, cárdigans, niquis, y mi padre y yo nos encargábamos a veces de la devanadora, lo cual se podía hacer sentado y, en el caso de mi padre, sin dejar de fumar y pensar. Cuando se enredaba el hilo, o se rompía, él se levantaba esforzadamente de la silla y desenmarañaba o anudaba entre alentadas de fatiga, blasfemias a medio reprimir y suspiros de contrariedad. Convertidas una o dos madejas en bobinas de hilo con que alimentar a aquel monstruo que era la tricotosa, aprovechaba para ir al baño y de inmediato a la cocina, a echar un vaso de vino y a picar algo, y de ahí al balcón, ese espacio de nadie, a ver pasar los coches, a fumar y a pensar en sus cosas.

Entretanto, mi madre y mis hermanas trabajaban sin pausa. Mis hermanas, la mayor y la mediana, que poco tiempo atrás iban en el pueblo a un colegio de monjas con sus uniformes azules y sus elegantes capas negras, y que bordaban en bastidor, y que ahora, sin saber cómo ni por qué, se encontraban de pronto convertidas en obreras textiles, doncellas arrancadas violentamente de un lugar idílico para ser entregadas en ofrenda a aquel monstruo insaciable.

De tarde en tarde el ras ras se interrumpía con un golpetazo tremendo, seguido de un silencio dramático. El carro acababa de chocar contra una aguja que había saltado del peine. Mi padre acudía de inmediato, sus botines rechinantes de becerro acercándose amenazantes a todo meter, no tanto para ayudar como para reñir y alborotar, y lo mismo cuando el carro golpeaba en los topes, por qué no ponéis más cuidado, cómo tendré que deciros que esto es cosa de maña y no de fuerza, veremos a ver cómo arreglamos ahora esto, y todo en un tono trágico, como si él fuese el accidentado, él la víctima principal de aquel percance.

Alguna vez, después de quitarse con mucha ceremonia la chaqueta y quedarse en chaleco, él mismo se ponía al mando de la tricotosa, siempre con el cigarro en la boca, unos cigarros de picadura gordos y mal hechos, y a ritmo lento, como si hiciese una demostración magistral, movía el carro de un lado al otro, ¿veis?, así, con firmeza y con jeito, pero nunca más de un minuto o dos, lo que tardaba en caerse la ceniza del cigarro o llenársele los ojos de humo. A él lo que más le gustaba eran los trabajos finos, lubricar y engrasar, comprobar la alineación correcta de las agujas en la placa, verificar la exactitud de los tensores del hilo, apretar una tuerca, corregir mínimamente algo, y poco más.

Tu padre sabía mandar y disponer muy bien, pero no le gustaba nada trabajar, decía mi madre cada vez que hablábamos de él.

A mí me mandaban a veces a atender a la devanadora o a ir a comprar a las grandes tiendas de hilaturas, dos kilos de gris perla, kilo y medio de verde musgo, ochocientos gramos de lavanda clara, de azul eléctrico, de rosa rubor de novia o de rojo coral. Por la noche, cuando me levantaba a orinar y me asomaba al taller y veía en la oscuridad la tricotosa, el monstruo en reposo, me parecía que de pronto, y furiosamente, se iba a poner a funcionar él solo.

Pero ahora, en aquella noche de verano de 1964, la casa estaba en completo silencio y mi padre estaba muerto, y enterrado con el mismo traje negro que usó a diario desde que yo lo conocí.

Y había otro ruido que ahora escucho con un verismo sobrecogedor. Era el golpe de la garrota de mi padre al colgarla en la percha de entrada cuando regresaba de la calle. Si pienso en los ruidos importantes que ha habido en mi vida, aquel es sin duda el más triste de todos. Es una pena. Mi padre hubiera querido ser un padre cariñoso y comunicativo, pero no sabía cómo y, sin quererlo, lo único que inspiraba era miedo. Todos le teníamos miedo, pero yo era el que más motivos tenía para temerlo, porque era el que más ofensas le había hecho y le seguía haciendo. Su presencia en casa ya era de por sí oprimente, siempre entregado a lúgubres e interminables silencios, a sombrías cavilaciones, sentado en una silla y echado hacia delante con el codo en la rodilla y el puño en el rostro, suspirando y gruñendo, fumando amargamente, como un titán de la tristeza, llenando la casa de vagas amenazas, de reproches, de culpas, de angustiosos sigilos para no llamar su atención ni distraerlo de sus abismaciones.

La risa, la alegría, las conversaciones, el cantar o el silbar, o escuchar música en la radio, todo eso y más estaba prohibido por una ley tácita, no escrita ni hablada, que regía entre nosotros desde hacía mucho tiempo. Si hablábamos, era por necesidad, y las voces se apagaban en el aire muerto de la casa. Habíamos emigrado, habíamos emprendido una gran aventura para enfrentarnos a enemigos temibles, para superar grandes obstáculos y alcanzar las más altas metas. Era preciso, pues, concentrarse en esa única y esencial tarea: cada paso que diésemos debía conducirnos a ella. Entretanto, no teníamos derecho a la risa, al placer. La risa y el placer había que ganarlos con el mismo sudor con que se gana el pan. Éramos héroes épicos a los que el destino no les concede apenas la festividad de un descanso. Al final, eso sí, reiríamos más fuerte que nadie, pero solo entonces. La risa sería la señal de que habíamos llegado al término de nuestra misión. Sí, lo nuestro no era una comedia sino una empresa épica, donde la levedad y el humor no estaban permitidos.

Pero a media tarde, solía salir a pasear laboriosamente por el barrio. Laboriosamente, porque cada poco tenía que pararse a descansar y a tomar aliento para reanudar su solitaria caminata sin rumbo. Como niños en el recreo, era salir él y entregarnos nosotros al regocijo y al bullicio de la libertad. Hablábamos en alto, discutíamos, jugábamos al parchís, bajábamos a comprar helados o bambas de nata, cantábamos, metíamos al gallo en casa y le dábamos migas de pan empapadas en vino por el gusto de ver sus pasos de borracho, el gato se ponía a hacer piruetas por su cuenta, y solo el monstruo permanecía ceñudo, vigilante, enfurecido ante el escándalo del desorden y la algarabía.

Luego, la fiesta iba decayendo según se acercaba la hora del regreso, hasta que los botines de becerro en la escalera y enseguida el ruido de la garrota en la percha nos devolvían a todos a nuestra compostura grave y silenciosa. Porque usaba garrota desde los cuarenta y cinco años, cuando la enfermedad que había de llevárselo cinco años después empezó a quebrantarle el cuerpo y a oscurecer aún más su alma, ya de por sí sombría.

¿Y no intentó nunca encontrar un trabajo, alguna ocupación?

Y mi madre: ¿Trabajar? ¿Él? ¿Y en qué iba a trabajar si no tenía oficio, ni ganas de trabajar, y además estaba amargado con la enfermedad?

Una vez, sin embargo, leyó un anuncio en el periódico, porque leía el periódico todos los días, de cabo a rabo, siempre el *Ya*, y llamó por teléfono a un hotel de lujo que estaba por donde el aeropuerto de Barajas para solicitar el puesto de cocinero jefe. Le preguntaron qué experiencia tenía y él dijo que a veces durante la guerra se encargaba del rancho de la tropa y que, entre otras cosas, hacía unas patatas con bacalao de chuparse los dedos. Ya ve usted. Debió de ser uno de sus arranques suicidas de euforia, o que aquella mañana se le había ido la mano con el vino. Y yo me lo imaginaba hablando con su cerrado y sureño y tosco acento campesino, lleno de seseos en estado puro, de ásperas aspiraciones y de palabras desusadas, algunas arcaicas.

Ah, y otra vez le ofrecieron por mediación de uno de los curas del colegio un puesto de vigilante nocturno en un garaje y él lo rechazó, dijo que no estaba dispuesto a andar todas las noches como un grullo y que, además, él tenía capital, y que aquel trabajo se le hacía poco, y que él podía aspirar a más. Y, para mejor demostrarlo, como si fuese una argumentación, solía decir: Si me hubiese enrolado en el ejército del Aire ahora sería ya coronel, porque llevaba la cuenta de la graduación que tendría si su vida hubiese tomado aquel rumbo.

Pero ¿llevaba las cuentas ya de joven?

Sí, y vivió mortificado con eso. Y cuanto más alto ascendía, más se mortificaba él. Ahora sería teniente, ahora sería capitán, siempre con esa tarabilla a cuestas. Y se murió de coronel.

Pero ¿por qué el ejército del Aire? ¿Él no estuvo en los tanques? Había una fotografía suya con la boina negra y la calavera de los carros de combate, y antes de eso estuvo en la infantería, de soldado raso, pero por lo demás no llegó nunca a montar siquiera en avión.

No lo sé, decía mi madre, eran cosas suyas, y a él no se le podía llevar la contraria en nada.

Así que, como no le convenía ningún trabajo, siempre estaba en casa, yendo del taller a la cocina, y otra vez al taller, y luego a la terraza, donde habíamos instalado un gallinero, y vuelta a empezar, como un animal bravo en una jaula, hasta que al fin se sentaba a fumar y a beber vino y a entregarse a sus cavilaciones, a sus suspiros desgarrados, a sus recuerdos y a sus afanes imposibles pero también irrenunciables. Sí, aquel hombre era demasiado padre para mí. O yo poco hijo para él.

Y ahora, en aquella noche de septiembre, se abría ante nosotros un futuro incierto pero prometedor. Yo no sabía entonces que la muerte de mi padre habría de causarme años después —cuando empecé a comprenderlo, a admirarlo, a compadecerme de él, a saldar la deuda de todo el cariño y la gratitud que le debía— una pena honda e inconsolable, la más grande que he tenido nunca, y una pesada culpa que cargaré para los restos, y por eso aquella noche me sentía liberado, liviano, pensando que ya nunca más habría de oír la garrota en la percha, aquel golpe sobrecogedor, aunque oscuramente intuía que algo muy grande había ocurrido en mi vida, y que allí, con aquella ligereza de espíritu, comenzaba para mí una nueva edad, un principio de madurez que habría de definir ya para siempre mi carácter, y acaso también mi futuro.

3
Ningún libro en ninguna casa
Hacia 1950

A veces me pregunto por qué caminos, por qué atajos, por qué oscuros designios del azar he llegado yo a ser escritor. ¿Por qué? Además de abogado, y bajando en el escalafón, tu padre te animaba a ser médico, militar de carrera, o incluso, en el peor de los casos, un buen artesano o un obrero cualificado, por ejemplo mecánico, porque él admiraba mucho la mecánica. Pero ¡escritor! Eso no entraba ni siquiera dentro de lo verosímil. Qué diría él si estuviera vivo, si pudiera verte, leer tus libros, reconocerse en ellos, convertido en personaje de ficción. Quizá a él también le parecería absurdo. Tantos miles de duros gastados en vano, porque para ser escritor no hacen falta grandes estudios académicos, y eso sin olvidar que los escritores no se casan con las mujeres más ricas y guapas del lugar, ni participan en cacerías, ni alternan con la gente gorda, ni llegan a ser alcaldes, gobernadores o ministros.

Sí, es absurdo, y aún más porque la tuya fue una niñez sin libros. Todos en tu familia, sin excepción, eran campesinos. Tus padres, tus abuelos, tus tíos, y hasta tus parientes más lejanos. Todos. Labradores, como se decía entonces, para diferenciarlos de los grandes propietarios y de los jornaleros. Porque en tu familia no había nadie que fuese rico, pero tampoco había pobres. Todos tenían algunas tierras, o como se decía también entonces, algo de capital. Esta palabra, *capital,* hace tiempo que ya no se usa con ese sentido: Fulano tiene mucho capital, o Entre el juego y las mujeres, Mengano se comió todo su capital, como se oía decir entonces con la mayor desenvoltura. En tu familia, quien más quien menos, tenía su pequeña o mediana finca de secano, sus dos o tres caballerías, su hato de ovejas o de cabras, a veces con su pastor, sus cerdos para la matanza, su huerta, su casa en el pueblo (aunque casi siempre vivían en el campo), y los más pudientes dos o tres criados fijos, a jornal. *Criados, criadas,* otra palabra que entonces era de lo más corriente, como ocurría también con *señorito.*

Nosotros no éramos señoritos ni menos aún criados. Por lo demás, todos en mi familia vestían más o menos igual, los hombres chaqueta, chaleco y pantalón oscuros, de pana, de dril o de cutí, camisa clara de rayas, sombrero rígido de fieltro, pelliza en el invierno, y botines de becerro color caoba hechos a medida por los dos o tres maestros zapateros que había en el pueblo por entonces. Y todos aquellos botines, no sé por qué, chirriaban mucho. Quizá sea una licencia de la memoria, pero cuando se juntaban varios hombres de la familia yo recuerdo que los botines hacían allí abajo un concierto del demonio, y había que hablar muy alto para entenderse. Puede que sea un capricho imaginario, pero yo lo recuerdo así. Los hombres, por cierto, creo que como signo de autoridad y emancipación, tenían su propia navaja, que solían guardar en el bolsillo del chaleco y que usaban para comer o para solucionar pequeños problemas prácticos. Y esa navaja no se la dejaban nunca a nadie ni nadie tampoco se hubiera atrevido a pedírsela. En la mesa, la sacaban y la abrían a dos manos con gran solemnidad. Echarse el pan al pecho, trazar un arco de hoz con la navaja y empezar a cortar, era todo uno.

En cuanto a las mujeres, casi todas vestían de marrón o de negro, medias oscuras, pañuelo oscuro, alpargatas oscuras, como si fuesen penitentes de una congregación. Con el cabello se hacían moños apretados y duros como terrones resecos. Cuando se vestían más formalmente, se ponían una pequeña peineta en el moño. Jóvenes o viejas, las recuerdo a todas iguales. Eran ellas y punto.

En mi familia todos los hombres fumaban tabaco de picadura, y cuando se reunían varios armaban enseguida una gran zorrera, y apenas se les veía la cara entre el humo.

En todas las casas de mi familia había una cómoda y un chinero, donde se guardaban intactos los objetos y prendas del ajuar de la novia y de los regalos de la boda. En el ropero o en la cómoda había por ejemplo una colcha o una mantelería con muchos primores de bordados y encajes. En los chineros se exhibía la cristalería y la vajilla fina, y algún adorno de lujo, a veces heredados de generaciones atrás. Y nunca se habían usado ni se usarían jamás, porque no eran objetos de uso sino símbolos que proclamaban y protegían la prosperidad y el orden familiar. Del mismo modo, tampoco se usaba la cocina oficial sino que se habilitaba un lugar para la lumbre en alguna dependencia del corral, y allí se cocinaba y se comía.

Casi todas las mujeres de mi familia y de otras muchas familias, solo en la edad del emparejamiento habían cuidado algo de su belleza y habían conocido la alegría de la amistosa y traviesa juventud, de los secreteos y los apartes, de las risas en la oreja, de los sofocos por nada, del fíjate cómo te mira Fulano o qué bien le sienta el sombrero a Beltrano, y otras chirigotas de ese estilo. Luego, contraídas las nupcias, guardados los trajes y el ajuar, se clausuraba esa breve y gustosa edad para pasar de golpe a un tiempo indefinido donde cabía todo, la juventud tardía, la madurez, el lento crepúsculo que va llevando hacia la ancianidad...

Y sus encantos, ¿qué fueron de ellos?, se pregunta uno. Los suyos fueron encantos laborales, acaso nunca recreativos. Encantos para comer, parir, amamantar y perpetuar la especie, con solo el interludio festivo del que dan testimonio las pocas fotos que quedan de entonces: pánfilas, medio asustadas, con vestidos oscuros cerrados desde el cuello hasta los tobillos por una apretada fila de botoncitos negros y recios zapatos de paseo, sin saber qué hacer con las manos, con la sonrisa parada en los labios, sin atreverse a ser guapas y alegres, ni siquiera espontáneas.

En todas las casas de mi familia se comía más o menos igual. Solo se compraba en la tienda lo que no se podía producir en el campo o elaborar en casa. En las casas de mi familia yo nunca vi un refresco, ni un bote de leche condensada, ni un plátano, ni un dulce de pastelería. Comíamos casi a diario garbanzos con repollo, tocino y morcilla, gazpacho, migas, y a veces bacalao con arroz, con patatas, con tomate, frijones, sopa de fideos con hormigas, sopa de tomate, sopa sorda de poleo, sopa de trapos, guisos de caza, ancas de rana, pan con aceitunas, pan con tomate, pan con quesadilla de cabra, pan con queso de oveja, queso de oveja con café negro portugués, aceitunas con troncho de col, buche, cachuela, pestorejo, chanfaina, chorizo de oveja modorra, caldereta, peces de la rivera, perrunillas, bolluelas, rosquillas, dulces recios y nutritivos hechos en horno de leña, pepitas tostadas de melón.

En mi familia no había nadie con estudios, ni siquiera el bachiller elemental. Unos habían ido a la escuela el tiempo justo para aprender a leer, a escribir y a hacer las cuentas. Algunos eran analfabetos. Otros habían aprendido algo, pero por falta de práctica habían olvidado lo poco que sabían. Había, por ejemplo, quien sabía leer pero no escribir. Tampoco ninguno, que yo sepa, había visto el mar, a excepción de mi padre, que durante la guerra lo vio en Barcelona, por primera y última vez. Tampoco ninguno había viajado, salvo por el servicio militar. Nadie tuvo nunca coche, ni moto, ni bicicleta; solo burros, mulas, yeguas y caballos. Nadie había estado nunca en un restaurante o en un hotel. Por saber, ninguno sabía ni siquiera nadar.

Así que todos, en mi familia, eran campesinos cerrados. Se les notaba a la legua. Distintos a la gente del pueblo en el modo de hablar, un habla rústica, entreverada de vulgarismos, muy seseante y aspirante, de prosodia ruda y hermética, en el modo de vestir, en la piel y en las manos, embastecidas y curtidas por la intemperie y el trabajo, en los gestos, en los andares, en la torpeza a la hora de comer, de beber, de alternar. Eran dos mundos, el pueblo y el campo, y nosotros, inconfundiblemente, éramos del campo. Algunos, incluso, tenían o tuvieron algo de pioneros, de fundadores de reinos y de estirpes.

Tu abuelo Luis, por ejemplo. Tu abuelo Luis, como otros de su generación y de generaciones anteriores, civilizaron tierras bravías, desbrozaron cerros, manchas vírgenes de jaras y maraña, levantaron sus propias casas después de arrebatar los materiales a la tierra, la pizarra, la piedra, la grava, la arena, la madera, el barro, de transportarlos a lomos de caballerías, de tallarlos, de nivelar y trazar a cordel los ejes del terreno, de echar los cimientos, y así días y días, con sus noches al raso en aquellas hondas soledades, durmiendo sobre la albarda o los serones, comiendo de lo que hubiera a punta de navaja, manejando el pico y la pala, la marra, la sierra, la paleta y la llana, con algo de oficio y mucha fuerza y determinación, movidos por instintos primarios, por la misma fe ciega del zorro que excava su cubil, del pájaro que entreteje su nido, pero también por la noble y ancestral voluntad de dominio, además del orgullo de vencer con sus propias armas a una naturaleza siempre hostil.

Aún siguen en pie esas casas, todas iguales, de una sola y fuerte planta, los techos de tejas inclinados a un agua, los muros algo tuertos y encalados de blanco, con ventanucos poco más grandes que aspilleras, para airear las estancias y vigilar el entorno, sin más gracia que la ingenuidad de su diseño, y sin otra concesión a la estética que un adorno de tejas en la cresta de la chimenea, o un capricho de color en los zócalos. Diríase que esas casas se han mantenido siempre fieles a un tiempo inconcreto, y entre eso y entre que no prestaron nunca obediencia a un estilo, los años y las modas fueron benévolos con ellas. Eran viejas ya recién construidas y, aunque hoy casi en ruinas, siguen teniendo la misma edad de siempre. Ellos cavaron pozos y charcas, levantaron paredes piedra a piedra, desbravaron cabezos y cañadas, trazaron trochas y veredas, ahondaron regatos, construyeron albercas, acequias y norias, plantaron viñas y todo tipo de árboles frutales, endulzaron la aspereza de aquellas tierras con huertas que ofrecían en la distancia una frondosidad de oasis en los días ardientes del verano.

Ahora, cuando ves desde un alto, desde el castillo por ejemplo, aquellas tierras ya amansadas y suavizadas y convertidas en un paisaje duro pero hermoso, te acuerdas de tu abuelo Luis, y de las muchas generaciones que con su empeño y su coraje, y casi siempre humilladas bajo el yugo de la servidumbre, dejaron allí su huella, su obra, tan anónima y sobrehumana como la de los artesanos y peones que laboraron en la sombra para alzar una catedral. Una obra casi invisible para una mirada desatenta. Sí, ese es un paisaje hecho de tiempo, donde puede percibirse el poderoso latir de la historia, y algo del eco de otras historias más humildes que se perdieron y que ya nadie, nunca, contará.

¿Cómo serían tus antepasados por el lado paterno? Porque más allá de tus abuelos, Luis y Frasca, nada sabes de ellos. Pero no es difícil imaginarlos, porque todos en la familia parecen sacados de un mismo molde. Casi todos eran soñadores y fantasiosos, urdidores de proyectos irrealizables, apasionados e infantiles. Bastantes salieron medio músicos, muy dados al acordeón, a la guitarra, a la flauta hecha con una navaja y una caña, a cualquier cosa que sonara, otros eran medio pintores o escultores, alguno algo torero, y los había aficionados a la artesanía fina y a los inventos mecánicos. Lo que no sabía nadie era cantar y bailar. Casi todos estaban dotados para la oratoria, y les gustaba hablar en alto y gesticular con energía, y en general preferían soñar la vida que vivirla. Eran solitarios y rencorosos, maniáticos en los temas, impacientes y bruscos, y —sobre todo los hombres, que eran los llamados para emprender grandes tareas, los depositarios de los valores épicos— solían padecer la insatisfacción crónica y la melancolía del desear en vano algún vago imposible.

Paco, por ejemplo, tu primo hermano, y que andando el tiempo sería también tu cuñado, quién mejor que él para ilustrar nuestro modo de ser. Si tú andabas entonces por los diez años, él tendría veintidós. Naturalmente, era campesino, pero tenía la cabeza llena de fantasía y un corazón invencible de artista. Todo, hasta las pequeñas cosas del vivir diario, las hacía con arte. Sus andares garbosos, sin ir más lejos, que tenían algo de entre torero y de cowboy. Solía usar botas camperas y sombrero, y le gustaba remangarse la camisa hasta muy arriba, casi hasta los hombros. Era delgado, elástico y muy ágil. Una vez tú lo viste trepar a la cogolla de una enorme encina por el capricho de ver cuántos huevos había en un nido de águila. Y entonces él tenía ya sesenta años, pero subía como un muchacho de catorce.

Mi padre —como yo, como todos— lo admiraba mucho por sus muchas y raras cualidades. Montaba a caballo como un rejoneador, dibujaba, esculpía, tocaba la guitarra, y su primera guitarra se la construyó él mismo siendo apenas un niño, sabía de mecánica y de electricidad, tenía una puntería infalible, y también de jovencito se fabricó una ballesta con la varilla de un paraguas, y siempre estaba ideando inventos, sobre todo artefactos mecánicos, y urdiendo proyectos magníficos para un magnífico futuro. Cada día estaba hecho para él de momentos gustosos de vivir. Comerse y saborear una sardina marinada por él mismo y un vasito de su propio vino, mirar la luna con un catalejo, porque también era algo astrónomo, oír y analizar el canto de un pájaro, investigar el ir y venir del aire y predecir la lluvia o el sereno, arrancar (después de mucho escoger) una rama de olivo y hacerse una horquilla de zahorí y dedicarse a buscar manantiales ocultos —y tú viste una vez cómo la horquilla se ponía a temblar y a encabritarse como queriendo soltarse de las manos—, encontrar en el suelo un trozo de alambre viejo y ponerse a pensar qué cosa prodigiosa podía hacerse con él.

O afilar navajas y cuchillos. Tampoco nadie lo aventajaba en esa habilidad. Daba muy lentamente pasadas y pasadas, con un arte de barbero templando la navaja, por la piedra arenisca que él mismo había buscado y elegido, y cada poco ponía la hoja en alto y, guiñando un ojo y como haciendo puntería, la exponía a la luz para aquilatar el filo y la calidad del brillo y no mellar el alma del acero. No mellar el alma del acero. Sin prisas, siempre sin prisas. Porque todo, todo, afilar un cuchillo, manejar una lezna, aguzar un palo, hacer un nudo, ponerse una camisa, posar un vaso sobre la mesa, encender un cigarro, alzar la mano para decir adiós, cualquier cosa era digna de ser hecha con maña y con finura, y en ella podía y debía dejarse la impronta de quien ha nacido siendo artista.

Una vez te llevó con él a pescar. Si pescasteis algo no lo recuerdas ni te importa ante la riqueza del rito, de la puesta en escena, los preparativos, el zurrón y las viandas, la narración anticipada de lo que habría de ser una jornada memorable, el viaje, montados los dos en un caballo hasta el lugar recóndito de la rivera que casi nadie conocía y adonde muy pocos sabían cómo llegar, no se te ocurra contarle a nadie este secreto, la manera de sostener las riendas con tres dedos flojos y el otro brazo en jarra con el puño graciosamente hincado en la cintura, el modo de preparar y lanzar la tarraya en los vados y torrenteras, de recogerla, de mirar alarmado alrededor y levantar la mano imponiendo silencio para mejor descifrar los signos de la naturaleza, el temblor de las hojas, los dibujos que hacía el viento en el agua, el paso de las nubes, mientras remontábamos la rivera agachados, con el sigilo de un par de indios sioux, hasta que llegamos a un gran ojo de agua escondido en una apretada fronda de sauces, álamos y fresnos, un charco al que no se le conocía el fondo, dijo, de tan profundo como era, ni siquiera los buzos del ejército, y en cuyas simas debía de haber peces tan grandes como los del mar, y algunos nunca vistos, quién sabe si monstruos, y allí nos sentamos en la hierba a comer, y él apenas comía por lo mucho que hablaba, sus planes de futuro, historias de lobos y de aparecidos, el arte de lanzar cuchillos que estaba aprendiendo por entonces, o te confiaba alguno de sus secretos, porque siempre tenía muchos secretos, un nido de búho, un juego de manos o una sombra chinesca, una llave de judo que se había inventado, una vena de agua con sabor a petróleo, esto que quede entre tú y yo, primo, porque tanto o más que la vida le gustaba imaginarla y contarla, añadiendo a la realidad el colorido y el calor un poco febril de la fantasía. No, acaso no pescasteis nada o casi nada, pero los grandes peces no pescados pueden en la memoria mucho más que los pequeños y escasos que quizá llegasteis a pescar.

Mil años que viviera, y no se hubiese cansado nunca de vivir. Sus amigos y conocidos, nunca supiste por qué, lo llamaban Henry, y tú todavía lo admirabas más por ese toque exótico y medio legendario. Henry. Su gran sueño, en cuyo cumplimiento yo creía aún más que él, era ser torero, o bien lograr un invento mecánico que lo hiciese millonario y famoso. No sé de dónde le vendría la información, pero admiraba mucho a Torres Quevedo, que había ideado y construido un funicular para sobrevolar las cataratas del Niágara, y a Isaac Peral, por el submarino. Para él, Torres Quevedo e Isaac Peral eran los prototipos de los inventores anárquicos, que van por libre, y que se sacaban las cosas de su propia cabeza, como él mismo hacía.

Sí, Paco puede ser un buen ejemplo del carácter atormentado e infantil de muchos parientes por parte de tu padre. Tú mismo, no hay que irse lejos, eres también así. Sin embargo, por parte de tu madre, que eran de otro pueblo y cuya numerosa familia se dispersó luego por otros lugares, todos sin excepción eran mansos, ingenuos y realistas, alegres y poco imaginativos, cariñosos pero desapasionados, sencillos y enemigos de complicarse la vida. También ellos eran campesinos, y en ninguna de las casas de unos o de otros, de toda aquella intrincada parentela, había libros. Ningún libro en ninguna casa. Tampoco leían periódicos, ni escuchaban las noticias de la radio los que tenían radio, y vivían al margen de la actualidad.

Con una excepción. Tu padre leía el periódico todos los días, estaba suscrito al *Ya,* y en casa además había un libro. Luego hablaré de él.

4
Demasiado padre para mí
Septiembre de 1964

Desde hacía un mes, quizá dos, yo trabajaba de auxiliar administrativo en Clesa, Central lechera, lo cual para un chaval de dieciséis años, por no decir que para un macarrilla de la Prospe, era ya mucho.

¿Estás contento en la Central?

Mi madre ponía en la voz y en el trato con los demás, y en todos sus actos, el mismo paciente primor que en la costura. Siempre serena, jamás enfadada, nunca agria ni especialmente dulce. Nunca distante, nunca demasiado efusiva, siempre apacible en su lugar.

No sé.

Alguien me había dicho durante el funeral: Ahora tú eres el hombre de la casa, y desde entonces me parecía que mi voz había ganado en tonos graves y en ritmos más pausados. Era una noche tranquila, y a ratos se levantaba una brisa fresca que traía aún olores de asfalto recalentado tras un día abrasador. ¿A qué olía el barrio entonces? Quiero acordarme, y me acuerdo, pero no consigo llegar al fondo de aquel olor inolvidable. Olía a gaseosa, a cerveza y a vino a granel, a boquerones en vinagre, a gente abrigada y acatarrada, a carbonerías y a vaquerías, a zaguanes y a orines de gato, a pobres hervores de cocina, a caramelos medicinales, a ambientador barato de cine, a colillas muy chupeteadas y apuradas y a tabaco rubio americano, a los cables eléctricos recalentados de los tranvías y a gasolina mal quemada, a todo eso olería en aquella noche de verano de hace ya tantos años. Enfrente, todavía iluminadas sus ventanitas de cristales por una luz pobre y sucia, estaba el quiosco del señor Emilio, donde yo compraba cigarrillos sueltos y alquilaba por 50 céntimos novelas policíacas y del Oeste, además de todo tipo de tebeos. Aquellas eran casi todas mis lecturas de entonces.

Ahí en la Central tienes un buen sueldo y un buen futuro. Ser oficinista es bonito. Es un trabajo fino y para toda la vida. ¡Cuántos quisieran!

Yo ganaba 2400 pesetas al mes. Entonces, el sueldo mínimo era de 1800 pesetas, una gabardina costaba entre 250 y 300 pesetas, el periódico, 2 pesetas, un cigarrillo rubio americano, 1,20 o 1,50, imposible acordarse.

Yo tenía ya para entonces algunas experiencias laborales. Como era muy mal estudiante, y para que comprobase por mí mismo lo duro que era ganarse la vida, a los catorce años mi padre me sacó del colegio y me puso a trabajar de chico para todo en una tienda de ultramarinos que había junto a la plaza del Marqués de Salamanca. Eran unas mantequerías de lujo, acordes con el barrio, muy grandes, impresionantes en la presentación y abundancia de los productos. Y qué de cosas había allí. Cosas que yo no había visto nunca, ni imaginado, y que ni siquiera conocía de oídas, acostumbrado como estaba a las austeras comidas campesinas del pueblo y a las menesterosas y nutritivas de Madrid. Muy bien expuestos tras las amplias y luminosas vitrinas acristaladas de los mostradores, había cortes maravillosos de ternera asada, de rosbif, de chuletas de Sajonia, de salami, de sobrasada, de butifarra, de jamón de Parma y de Virginia, de asado de gallo relleno de bogavante, de mortadela, de pavo con melocotones, con pistachos, con arándanos, con bayas de mirto, con trufas, con ciruelas y piñones, con setas, y había todo tipo de salchichas, de Viena, de Frankfurt, de Lyon, de Bolonia, de hígado con hierbas, y todo tipo de pasteles y hojaldres, de carne, de merluza, de berberechos, de langosta, de pulpo, de aguacate con gambas, de sesos de liebre, de mollejas de alondra, de fricasé, de sardinas con salsa de ostras, y una sección sola para los encurtidos, y otra para los quesos, que los había de todo el mundo, y otra para las especias, y aquí y allá se leían, finamente caligrafiados a mano en las etiquetas, sabores impensables, vinagre de violetas, de frambuesa o de menta, castañas en almíbar de tomillo, cangrejos con rosas glaseadas, pepinillos aromatizados con manzanas agridulces y lágrimas escarchadas de jazmín, faisán con mermelada de cebolla, sopa de galápago con huevos de codorniz, perdices con chocolate, tuétano de jabalí con ajo confitado, y por todos lados variedades infinitas de conservas, de escabeche, de ahumados, de salpicones, de canapés, de salsas, de zumos, de helados, de pasteles, de dulces y galletas, y otras muchas delicias insospechadas hasta entonces, y que yo les describía a mis hermanas y a mi madre como si les estuviera contando un cuento de *Las mil y una noches.*

Pero ¡qué trolero eres!, decían mis hermanas, ¿cómo puedes inventarte todas esas cosas?

Y mi madre, sin dejar de coser, en un tono neutro, como si constatara una obviedad: Ya de chico era muy mentiroso.

¡Y todo allí estaba tan ordenado, tan pulcro, tan brillante! Había nueve o diez empleados, y no sé por qué razón todos eran calvos o medio calvos, y vestían unas batas blancas que llevaban siempre inmaculadas, y lo mismo ellos, siempre muy aseados, muy amables, muy relamidos y castellanos al hablar, muy delicados y exactos al tomar un producto a dos manos, con unción sacerdotal, al cortarlo, al pesarlo, al envolverlo, al ofrecérselo al cliente con una reverencia que tenía algo de galantería, de paso de baile, de gentileza cortesana. Había en toda la tienda un silencio casi sagrado, y los empleados se movían por ella con sigilo y solemnidad, y siempre estaban ocupados, nunca perdían el tiempo, cada uno sabía muy bien su papel y se aplicaba a él, y todos tan concertados entre sí que parecía que en cualquier momento se iban a poner a cantar y a bailar como en una opereta o una comedia musical.

Nada más llegar por las mañanas, el jefe de empleados me pasaba revista. ¡A ver las manos!, ¡a ver las uñas!, ¡a ver esa roña detrás de las orejas!, y también los dientes, el peinado, el calzado, en fin, que tenía que ir hecho un pincel. Luego me ponía una bata gris, agarraba mi carrito y comenzaba los repartos a domicilio. Como el carrito era bastante grande y estorbaba en las aceras, tenía que ir por la calzada, a veces a contramarcha, empujando a dos manos el manillar de hierro, donde los dedos se te quedaban agarrotados en los días crudos del invierno, y lidiando luego con los porteros de los inmuebles de lujo, que iban vestidos de uniforme de gala y que te miraban con aprensión y te obligaban a limpiarte a fondo las suelas de los zapatos antes de entrar en aquellos portales de anchas y hondas perspectivas, brillantes de mármol, de lámparas, de espejos, con sofás y sillones de cuero y macetones de plantas exóticas, y después subiendo en ascensores de carga por oscuras escaleras de servicio y siempre con el temor y la esperanza de si la doncella te daría o no una propina, con la sospecha y el rencor de que quizá se la quedase para ella, y si te la daba, con las prisas de estar a solas para descubrir el valor de la moneda con la palma de la mano a medio abrir, y luego con el miedo de encontrarme con algún conocido, o lo que era peor, con algún compañero de colegio, o aún mucho peor, con alguna muchacha del barrio, y que me viesen con el carrito y con la bata y que se lo contasen después a todo el mundo.

Ya con el carrito vacío, me paraba a fumar medio cigarrillo rubio, y guardaba la pava para luego. Y recuerdo que al principio, los dos o tres primeros días, me gustaba ir con el carrito por la calle, sobre todo cuando regresaba de vacío. Me imaginaba que iba conduciendo un coche o una moto, y hasta imitaba el ruido del motor y del cambio de marchas, pero aquello duró poco, lo que tardó en imponerse a la invención el peso bruto de la realidad.

Entre reparto y reparto, y siempre después de reprocharme lo mucho que tardaba en cada viaje, me mandaban abajo, al sótano, a limpiar el polvo, a barrer, a ordenar los envíos de los mayoristas o a subir artículos que había que reponer. El sótano era enorme, fresco, profundo, como la bodega bien estibada de un barco antiguo, lleno de buenos aromas, y surtido de todo en proporciones gigantescas. Y allí fue donde comencé a realizar pequeños hurtos. No tanto por mí como por mis hermanas y mi madre, para que viesen que no era tan mentiroso como ellas me decían. Primero les llevé unos yogures. Ni ellas ni yo sabíamos por entonces lo que era un yogur, y menos con sabor a fresa, a plátano o a piña. Luego les llevé zumos de frutas tropicales, algunas conservas exóticas, pasteles dulces y salados, y otras exquisiteces, como si regresase de un reino lejano con fabulosos, mágicos presentes, que ellas recibían con el mismo maravillado asombro que yo. Aunque yo conocía muy bien, demasiado bien incluso, desde niño el mundo de los ricos —la gente gorda—, creo que no fue hasta esas fechas cuando lo vi tan claro y tan de cerca como si me hubiera asomado furtivamente a una ventana para descubrirlos, a los ricos, en todo el esplendor y abundancia de su intimidad.

Esa fue mi primera experiencia laboral. Luego, cuando me echaron de las mantequerías por ladrón y holgazán, mi padre me dio una paliza y me puso otra vez a estudiar, pero por poco tiempo, porque una mañana en que me disponía a ir al colegio, dejó que me aseara, que me vistiera, que preparase el material escolar, y entonces, cuando ya me disponía a abrir la puerta, él irrumpió en el pasillo desde el salón, donde debía de estar al acecho, y dijo: ¡Alto ahí, compañero!, que hoy, mire usted por dónde, vas a librarte del colegio. Deja los libros y arrea tras de mí, y me tomó la delantera y uno tras otro nos fuimos metiendo por un laberinto de calles angostas con casas bajas y pobres que había por una parte del barrio que yo no conocía bien, los dos en silencio, él delante, con su traje negro, su sombrero campesino, el rechinar de sus botines de becerro y el resuello de su respiración, parándose cada poco para sacar la petaca y el librito y liar y encender un cigarro o para descansar del camino, y yo a la zaga, temblando de miedo, intentando imaginarme qué nuevo castigo habría ideado para escarmentarme una vez más.

Alguna vez se volvió y me miró. Me miró como haciendo puntería sobre mí, como suele ocurrir con gente acostumbrada a otear los horizontes y las grandes distancias. Al fin entramos en una tienda de ropa laboral. Era una tienda pequeña y oscura donde olía a cartón y a barato. Cuando salimos de allí, yo iba vestido con un mono azul de mecánico y unas alpargatas de lona con piso de cáñamo, y mi padre llevaba en una bolsa de plástico mi ropa de colegio.

Como en todas las vidas, en la mía ha habido unos cuantos momentos esenciales, deslumbrantes de tan reveladores, que te sacan del alma las verdades más hondas y escondidas, y que de pronto te dicen más de ti mismo y del mundo que todos los libros y la sabiduría de los maestros, y que ya se quedan en la memoria para siempre, haciéndose fuertes en ella contra todo tipo de asaltos de la inteligencia, de razonamientos y remedios, y señoreando en el pasado a su capricho y a su arbitrio, indestructibles, crueles, sordos a toda súplica. Y uno de esos momentos fue cuando me vi caminando por el barrio con el mono y con las alpargatas —las alpargatas, que me daban un modo ridículo de andar, como si fuese descalzo, casi echando los pasos al azar de la acera, con una ligereza de pies que no lograba controlar—. Yo creo que nunca he sentido tanta vergüenza, tanta humillación, tanto odio contra mi padre y contra el mundo como en esos momentos.

Uno tras otro, callejeamos otro rato y enseguida entramos por una larga y honda rampa en espiral que parecía conducir a los mismísimos infiernos. Y así fue como empecé a trabajar de aprendiz en un taller mecánico.

Tantos años después me imagino a mi padre, o mejor, lo veo claramente, casi puedo tocarlo, y escucho el tono de su voz, cuando entra en las mantequerías y en el taller y pide ver al dueño o al jefe del local. Torpe, con su garrota, con su estampa anticuada y sus excéntricos modos campesinos, cuenta su historia por encima, que él es un hombre que tiene capital y un piso en propiedad, para evitar cualquier equívoco, y cómo ha emigrado a Madrid con toda la familia, porque es aquí, y no en aquellas tristes terroneras, donde está el futuro, el progreso, la oportunidad de que sus hijos, tres hembras y un varón, se conviertan en gente de provecho, y no como él, que no tiene estudios ni oficio ni don de gentes, y así, sigue contando según el agrado o la impaciencia de su interlocutor, porque elocuencia no le faltó nunca, todos decían que en él se perdió un magnífico abogado, hasta llegar a su gran tema, al centro mismo de sus desvelos y tormentos: el varón, el elegido, el depositario de todas sus esperanzas y el beneficiario de todos sus esfuerzos, el que llamado a representar el papel de héroe solo daba la talla para hacer de villano o de pícaro... Y así, iría cerrando el trato. Que si querían, que no le pagaran, que solo le hicieran el favor de ponerlo a trabajar en los tajos más duros y que no tuvieran escrúpulos con él, y tengan cuidado con lo que dice porque es muy mentiroso, y que si no cumplía como es debido hasta la última orden que hicieran el favor de llamarlo, aquí les dejo mi tarjeta, que ya me encargaré yo de darle un buen repaso, porque ese es al parecer el único lenguaje que él entiende.

Y ese mismo día empecé a trabajar en el taller. Me pagaban 185 pesetas a la semana, y me acuerdo muy bien de eso porque me quedaba con el sueldo y le decía a mi padre, si me preguntaba, que no me habían pagado todavía, y con aquel dinero yo tenía para fumar

Philip Morris y para ir los domingos con los otros tres aprendices del taller, vestidos todos con nuestros trajecillos de fiesta, a los bailongos del barrio o de otros barrios, y para consumiciones, y para invitar y alternar, aunque la grasa de motor enquistada en las manos y entre las uñas nos delataba y nos iba desenmascarando según avanzaba la tarde de domingo y empezaba un crepúsculo que era ya parte del amargo amanecer de los lunes.

Y otra vez a bajar la rampa y a ponerse al tajo con el mono y las alpargatas, a montar y a desmontar ruedas, a petrolear piezas de motor, a ayudar a los oficiales en los fosos, y si había suerte a buscar repuestos a tiendas que a veces estaban muy lejos, tanto, que uno no acababa nunca de volver, porque casi siempre ocurría que en una tienda no tenían los repuestos y había que ir a otra, y a otra, y con esas pequeñas mentiras me podía pasar la mañana o la tarde en los billares del barrio, jugando al billar, al futbolín o a las tragaperras, o viendo jugar y fumando con el arte duro y seductor que había aprendido del cine negro americano. Al menos eso me servía para afrontar las miradas burlonas o incrédulas de los conocidos, de las muchachas del barrio que, por modestas que fuesen, iban siempre tan limpias, tan bien vestidas, tan pudorosas y por eso mismo tan misteriosamente provocativas en sus andares y miradas, tan entregadas al ciego instinto de forjarse un hogar y un futuro con un hombre de bien, y no digamos los amigos notables del colegio, hijos de militares de alta graduación, de directores de empresas, de farmacéuticos, de prósperos comerciantes, de políticos o de médicos y abogados, con los que también compartía las tardes de ocio, los gestos, las costumbres, de manera que nunca tuve claro si yo pertenecía al colegio o al taller, a la ciudad o al pueblo, al mundo moderno o al mundo antiguo, a la clase media o a las clases humildes, o si era una mezcla, un híbrido de dos modos de vida inconciliables, y destinado por tanto a la extinción o a la impostura.

Como en el taller me aficioné a las motos, y como todos los aprendices salvo yo tenían la suya, alguna vez me vengué de los amigos notables y de las muchachas tan bien educadas para el porvenir pasando a todo gas en una Derby de 49 centímetros cúbicos y tres marchas, dejando atrás lo que a mí me parecía una estela rutilante y apenas entrevista de vida libre, sin ley, rebelde, vagabunda y romántica...

Hasta que al fin ocurrió lo irremediable. Un día me dijo el jefe del taller: Dile a tu padre que venga a verme. Yo dejé pasar el tiempo, y el jefe: ¡Qué! ¿Has avisado ya a tu padre? Y yo: Mi padre es sereno y duerme por el día. Cuando lo vea se lo diré. En ese juego temerario anduvimos algo así como un mes, mi padre, el jefe y yo. A mi padre le decía que el jefe no me pagaba y al jefe que mi padre, por su oficio, no se dejaba ver. Por aquel entonces había días en que ni siquiera iba al taller, como si el taller fuese igual que el colegio. A mi padre lo han operado de una pierna, he estado con fiebre, mi abuela se murió, decía, y el jefe me miraba y callaba. Hasta que luego, y yo lo sabía y lo esperaba no sé si fascinado por el terror o resignado a la fatalidad de lo ya irremediable, todo se precipitó y se resolvió en un instante. Y recuerdo que cuando mi padre se quitó el cinturón (que, por cierto, no lo metía por las trabillas del pantalón sino que se lo cinchaba sin más por debajo de la barriga) y se lo reató en la mano para manejarlo corto y fuerte, yo no sentí tanto miedo como había imaginado. Mi hermana la mayor se interpuso asustada ante tanta violencia y él la apartó de un empellón. Por mi parte recibí los golpes sin una queja (actuábamos los dos en silencio, como confabulados en una tarea común y solidaria), y al final me sequé la sangre de los labios con el rebujo de trapos de borra que llevaba siempre en el bolsillo trasero del mono, pero no derramé ni una lágrima.

Al rato vino otra vez, me examinó el labio partido y me dio una moneda de cinco duros. Anda, me dijo, lávate y ponte de limpio, y vete al cine, y cuando vengas me dices qué es lo que quieres en la vida, si quieres ser un maleante o seguir estudiando y hacerte un hombre de provecho. Y yo me fui al cine a ver una sesión doble, y al salir, ya de noche, me sentí feliz y como liberado de una enorme carga, y cuando mi padre me preguntó si había pensado bien lo que me dijo, yo le respondí que sí, que lo había pensado y que quería ser un hombre de provecho.

5
Huérfano de mundo
Hacia 1950

Así que, como iba contando, el único libro que había en todo el ámbito familiar estaba en mi casa. Ese libro se titulaba *El calvario de una obrera o Los mártires del amor,* de León Montenegro, publicado en tres tomos por la editorial Miguel Albero, 1918. De esos tres tomos nosotros sólo teníamos uno (de esto me enteré mucho más adelante), y traía algunas ilustraciones en color guarnecidas con papel de seda. El libro es la historia de un amor trágico entre dos jóvenes pertenecientes a clases sociales incompatibles. Cómo llegó ese libro descabalado a casa es un pequeño misterio imposible ya de resolver. No lo sé, cómo me voy a acordar yo de eso, me dice mi madre cuando le pregunto. A lo mejor ya estaba allí cuando vosotros comprasteis la casa. Pues casi seguro que fue así.

Lo que sí me cuenta es que en verano, en la época de la siega y la trilla, mi padre les leía cada noche a los segadores un capítulo de aquel libro. Pero de eso yo no me acuerdo. Y el caso es que quiero acordarme, estoy a punto, pero al final no lo consigo. Es solo una ilusión. Muchas veces he tratado de imaginarme a mi padre leyéndoles a los segadores a la luz vacilante de un candil o un carburo, iluminando con el metal vibrante de su voz —y esa era la verdadera luz en la honda noche del verano— la negra ignorancia de aquellos hombres embrutecidos por la miseria y el trabajo, que escucharían entre el desconcierto y la resignación, sin entender gran cosa, pero rendidos de antemano a la magia sagrada del verbo. Y él, el lector, el oficiante del rito, trabucándose de vez en cuando, esmerándose en la dicción, titubeando, repitiendo una frase dos o tres veces hasta lograr bien su sentido, deteniéndose con un repente espantadizo ante una palabra desconocida, pero siguiendo adelante, siempre adelante, en aquella arriesgada travesía, dispuesto a enfrentar y a vencer todos los obstáculos que se le opusieran hasta alcanzar la última línea del capítulo.

A lo mejor lo que yo recuerdo no es el contenido del relato ni la imagen del lector rodeado de sus oyentes sino solo la música del lenguaje en el silencio de la noche. Y ese humilde y desesperado acto de dignidad, de secreta redención, tenía lugar en la soledad de aquellos pobres campos de secano, de aquella triste España de entonces, en la casa pequeña y ruin que servía de cocina —un hogar formado con cuatro piedras, una marmita de hierro, unas trébedes, una mesita coja hecha de madera sin desbastar y llena de cicatrices de azuela y unos cuantos asientos de corcho, algunos cacharros de cocina, miles de moscas, clavos en las paredes con aperos y ropa de faena, ristras de pimientos secos colgados del techo, un ventanuco sin cristal y poco más—, y que construyó también mi abuelo Luis enfrente de la otra, la casa donde vivían los amos, pero que no por eso era mucho más grande, ni estaba mejor hecha o mejor amueblada. La voz de mi padre ya muerta para siempre. Un día lo sorprendí cantando, a él, a quien nunca nadie oyó cantar. Cantaba en voz baja, y con mucho sentimiento, «Adiós, muchachos, compañeros de mi vida», y al verme se calló, avergonzado, confundido, y yo tuve miedo de que me odiara por haberle descubierto aquel secreto.

Total, que tú, el que llegarías a ser escritor, no conociste los libros de niño, casi ni siquiera físicamente, salvo *El calvario de una obrera* y quizá los libros de texto de tus hermanas mayores, si es que tenían libros de texto, y el libro del maestro que te enseñó a leer y a escribir, don Pedro Márquez, y que él mismo, supongo que para protegerlo de vuestras manos pecadoras, os colocaba abierto sobre el pupitre y donde vosotros ibais leyendo de uno en uno en voz alta, repitiendo cada frase hasta que quedaba bien dicha, bien entonada y perfectamente comprendida.

De modo que aquellos libros, los únicos que tú conocías —uno perteneciente al Padre, y el otro al Maestro—, eran para ti los más extraordinarios que podían existir. Así era todo entonces. Tú creías que vivías en el centro del mundo, como es de suponer que les ocurrirá a todos los niños de todos los lugares, y más en los tiempos en que no se viajaba ni había televisión. Las cosas entonces se escribían todas con mayúsculas: el Padre, el Abuelo, el Maestro, el Libro, el Médico, el Conductor de automóviles, el Escribiente, el Cura, el Pueblo, la Rivera, el Castillo, porque todas eran únicas e incomparables. ¿Quién conducía mejor un automóvil, o entendía más de mecánica, que Pereira o Aníbal? ¿Quién cazaba mejor que mi abuelo o mi padre, que era echarse la escopeta a la cara y salir rodando la liebre o caer a plomo la perdiz? ¿Había en el mundo gente más rica que los ricos del pueblo, mejor médico que don Daniel, mejor músico que don Jacinto Pola? Nadie, imposible siquiera imaginarlo. ¿Y Valdeborrachos, que era como se llamaba nuestra finca? ¿Podía haber en el mundo un lugar más bonito que aquel? Y eso por no hablar del castillo, de la rivera, de la hondura escalofriante de los pozos, de la fiereza y desmesura de los lobos y las culebras y las fieras corrupias que habitaban en lo bravío de nuestras sierras, y hasta del tonto del pueblo, que era sin duda el mejor tonto que pudiera existir. Quizá por eso tú comprendes bien el sentimiento infantil de ciertos nacionalismos, capaces de sublimar su aldea hasta convertirla también en el centro del mundo, y sus cosas en excluyentes y absolutas.

Ah, y qué decir de la Piedra Berrocal. La Piedra Berrocal es una enorme piedra caballera que hay enclavada en las mismas entrañas del pueblo, y a cuyo alrededor, y bajo su tutela, se apiñan casitas graciosas y antiguas, con sus huertos, sus corrales para las gallinas, con sus terrazas y miradores, cosa digna de ver. También tu pueblo, por cierto, está apelotonado a los pies de un castillo. Igual que los padres les han dicho y les dirán siempre a sus hijos que no se alejen mucho, porque de la lejanía viene el peligro, así también tu pueblo está agarradito a las faldas maternales del castillo, y no se atreve a apartarse de él. Y aunque luego se ha ido expandiendo, bajando por los barrancos hasta ocupar lo llano, algo debió de quedarle de su antiguo miedo a la dispersión, porque sus casas tienden a juntarse, y sus calles a estrecharse, y hay como cierto horror al vacío, a los espacios despejados. Pues igual que el castillo, así también la Piedra Berrocal.

Fiel al designio de hacer de ti no ya un hombre de provecho sino un gran hombre, tu padre decidió meterte interno con ocho años en un colegio de curas de Madrid. Entonces, los que más podían, incluida la gente gorda, mandaban a sus hijos como mucho a Sevilla. Pero tu padre no, tu padre te mandó a Madrid, que aquel sí que era de verdad el centro del mundo. Ahí es cuando empezó a hacer sus cuentas —a menudo las hacía con un cabo de lápiz en el dorso de los libritos de papel de fumar— de lo que se iba gastando contigo, traducido a cebada, a trigo, a lana y a borregos, a chivos, a cuartillas o a arrobas o a fanegas de esto o de lo otro, todo lo cual sumaba mucho, casi más de lo que él se podía permitir. Y cuando tú llegaste a Madrid con tu habla rústica y tus trazas y tus maneras campesinas, en una de las primeras clases un profesor os habló de las siete maravillas del mundo. Empezó a enumerarlas, las pirámides de Egipto, el Coloso de Rodas, los jardines de Semíramis, y cada vez que iba a decir una nueva, tú pensabas, ahora, ahora viene la Piedra Berrocal. Aquella fue otra de tus experiencias esenciales, el descubrimiento —la incredulidad al principio y la lenta y penosa evidencia después— de que nadie allí tenía noticias de la Piedra, ni del Castillo, ni de Valdeborrachos, ni de don Daniel, ni de Pereira ni de Aníbal, y ni siquiera de tu pueblo.

Todo un mundo de héroes y de mitos se vino abajo en un instante. De pronto te sentiste huérfano de mundo, de realidad. ¿Y cómo llenar ese vacío, cómo aliviar el dolor de aquel desgarramiento? ¿Fue entonces cuando empezaste a creer en Dios, a rezar de rodillas, a rechinar los dientes y a arrugar la nariz?

Quizá también fue entonces cuando empezaste a convertirte en un mentiroso casi profesional. Como ahora tenías dos realidades y vivías en dos mundos, en Madrid les mentías a tus compañeros con las maravillas de tu pueblo y presumías de ellas, mi abuelo mató una vez un oso con solo un cuchillo de monte, a mi hermana la mayor le picó una vez una víbora, un día vi llover peces y ranas, a don Álvaro de Luna lo asesinaron en el castillo de mi pueblo, y aquel nombre, don Álvaro de Luna, era por sí solo ya un prodigio, mi tío Ignacio se comió una vez sesenta huevos fritos, mi padre con su pistola mató una noche a un forajido, en mi pueblo hablaban cantando, allí hay culebras que vienen de noche y les beben la leche a las mujeres, y cuando ibas al pueblo mentías sobre las maravillas de Madrid. Todos, y tu padre el primero, te animaban a hablar, a contar cosas nunca vistas, cosas que solo podían ocurrir en la capital, y ponían tanta fe y tanta expectación en lo que tú te disponías a contar, que por no defraudarlos te inventabas los más inocentes disparates, que habías visto un piano tan largo que se necesitaban veinte músicos para tocarlo, que en las calles de Madrid a todas horas había atropellos y atracos, y los domingos el cielo se llenaba de globos aerostáticos, o que en un partido que yo vi, Di Stéfano cabeceó desde fuera del área con tanta fuerza que el balón dio en el larguero y lo partió. Y todos reían, y tu padre el primero (tu padre tenía un colmillo de oro que le brillaba con la risa), y al final mi madre, tan sensata, tan fiel y amorosa con la realidad diaria, siempre decía: Hay que ver qué mentiroso ha salido este niño.

Y tú, que antes no sabías si tu familia y tú mismo erais del pueblo o del campo, ahora tampoco tenías claro si pertenecías al pueblo o a la capital. Pero la imaginación, con sus mentiras tan necesarias y sinceras, venía a anudar los hilos sueltos de una realidad fragmentaria y caótica.

6
Ignominia
Septiembre de 1964

Acuérdate de cuando eras mecánico, lo sucio que ibas siempre, y con aquel tufo a petróleo y a grasa, y no como ahora, que vas con traje y siempre limpio y elegante. Así que no me digas que no es una suerte ser oficinista en una empresa tan buena y tan grande como la Central.

Su voz era suave y calma, como la misma noche de septiembre.

Y si te portas bien, dentro de unos años igual te ascienden, y hasta puede que llegues a ser jefe. ¿No te gustaría ser jefe, ir a trabajar en coche?

Pero yo odiaba a los jefes, y por lo mismo odiaba todos los trabajos porque en todos los trabajos había jefes. Yo sabía, sí, que vivíamos en una dictadura, pero a mí aquel dictador me parecía inofensivo e irreal al lado de los dictadores que había tenido que sufrir y sufría cada día: mi padre, los capataces, los oficiales, algunos profesores, incluso algún que otro amigo que tenía también vocación de jefe, esos eran los auténticos tiranos, y a los que yo temía y odiaba de verdad.

No sé, ya se verá.

Y mi madre: No empieces otra vez con las quejas y las tonterías, que ya nos conocemos Y sobre todo no vayas a hacer una de las tuyas y que te echen de allí, como de todos lados, que ya sabes lo difícil que ha sido conseguir ese puesto.

Y era cierto. Yo había entrado allí por recomendación, por una amiga de mi madre que trabajaba de cocinera en casa de unos marqueses que eran los dueños, o casi, de todo aquel emporio. Así que es verdad que tenía mucha suerte, pero yo no quería ser oficinista, ni ser jefe de nada. No sabía lo que quería ser, salvo poeta. Había empezado a escribir mis primeros versos algo así como un año antes, cuando tenía quince. Aquello fue un acontecimiento, otro de esos momentos estelares capaces de cambiar el curso de una vida hacia un nuevo destino.

No sé cómo ocurrió. Supongo que primero fue mi afición a la soledad y a los ensueños, además de los poemas que venían en los libros de texto y de un programa de radio donde después de la medianoche un locutor con una voz cálida y susurrante recitaba versos de una belleza abrumadora. Aquellas palabras en el silencio oscuro de la noche brillaban como ascuas celestes, eran pura magia. En aquella voz cada palabra era sagrada. Y también lo eran las pausas, aquel silencio dentro del silencio, como una joya deslumbrante en su estuche. Y cuando acababa el programa, aún duraba un buen rato la magia, y uno cerraba los ojos y se sentía felizmente confundido con el curso de los astros y la secreta armonía del universo. Eso fue todo.

Incluso con menos hubiera bastado para encontrar el refugio que yo oscuramente venía buscando con la desesperación del fugitivo azuzado de cerca por sus perseguidores.

Y añádase a eso el desdén de la rubia máxima del barrio, y las consabidas catástrofes espirituales de los amores nuevos, que te invitaban al suicidio o al arte, no había otra opción, ese era el único modo de defenderse de lo irreparable. Y ya, para rematar el conjunto, añádanse también las sucias canciones románticas de entonces y de siempre que alimentaban nuestras pobres fantasías sentimentales como antes habían hecho con nuestros padres y nuestros abuelos, toda aquella basura melódica que nos envenenaba y nos anestesiaba el alma con sus ritmos bailables y sus cadencias dulzonas tan invitadoras al espejismo y al ensueño, *Only you*, *La balada de la trompeta*, *Siempre es domingo*, *Et maintenant*, *Yesterday*, *La casa del sol naciente*, *Tú serás mi baby*, *Adán y Eva*, más los boleros, los tangos, las rancheras, que nos hacían sentirnos audaces, únicos y ambiciosos, listos para emprender la gran conquista del futuro. Aquellos cantantes fueron nuestros jefes sentimentales. ¡Dios mío!, ¿cómo fue posible?, ¿cómo nos dejamos engañar una vez más por esa vieja farsa, cómo caímos tan inocentemente en la trampa más antigua y famosa del mundo? Algunos de aquellos enamorados primerizos, ebrios entonces de ilusión, ya han muerto, y hoy descansan del vano sueño de la vida, custodiados aún por unas últimas palabras que a mí me suenan a música bailable, con su insidioso compás a media luz: Los tuyos no te olvidan, Siempre en nuestro corazón, o una frase final de ese estilo...

Y algo más. Yo por entonces creía en Dios. Había estado interno con los curas de los ocho a los doce años y hasta quise ser cura, misionero en tierra de infieles, irme a un seminario, y un día dos curas vinieron a casa a hablar con mi padre, a convencerlo, y hasta trajeron los papeles de la autorización para que los firmase, y me hubiera ido al seminario si no es porque mi padre les dijo que se olvidaran del asunto, que él no se había gastado veinte mil duros conmigo para que acabara siendo cura.

El gran sueño de mi padre, su mayor imposible, era que yo fuese abogado, y que entonces volviera al pueblo en plan triunfador, para darle por la cara a la gente gorda, y que me casara con la mujer más rica —que sería también la más hermosa— de aquellos contornos, propietaria de grandes fincas e innumerables rebaños, y si me daba la gana, que me convirtiera en alcalde, y quizá luego en gobernador, o hasta ministro, por qué no. Por qué no. Lo que me diera la gana. Ese proyecto, o esa fantasía, me la contó más de una vez cuando íbamos montados en la yegua entre el pueblo y el campo, y me pintaba un futuro espléndido con voz apasionada, tan apasionada y tentadoramente susurrante como el locutor nocturno de poemas, y con todo tipo de detalles —casas de lujo, automóviles americanos, criados y doncellas, cacerías con personalidades, banquetes exquisitos, y todas las mujeres que quisiera, y don Fulano por aquí, don Fulano por allá, porque no sería solo el capital sino la cultura, la mundanía, el saber, el verbo poderoso y fluido, de forma que allí donde tú hables callarán todos, también la gente gorda, viajes por todas las grandes ciudades del mundo, y muchas otras variantes del gozo y del placer, y todo eso mientras la yegua avanzaba apartando jaras y echando chispas por aquellos caminos pedregosos—, y a mí aquel relato me angustiaba y me llenaba anticipadamente de culpas, porque no me sentía con fuerzas ni carácter para llegar a tanto. Por eso, el que yo fuese cura le parecía una humillación, casi un escándalo.

Y luego, un día, no sé de qué manera, dejé de creer en Dios y me encontré creyendo en Gustavo Adolfo Bécquer. En aquel tiempo, yo solo tenía un libro en propiedad. Ese libro era *Las mil mejores poesías de la lengua castellana.* Quizá lo oí citar en el programa de la radio, o a algún profesor o a algún amigo, pero el caso es que un día entré por primera vez en mi vida en una librería y me lo compré. Ya al abrirlo, al olerlo, al leer un verso aquí y otro allá, al ver que el tomo tenía setecientas páginas, primero me sentí como un ladrón, y tuve miedo de que alguien viniese a reclamármelo o a arrebatarme aquel botín, y luego me sentí admirado, incrédulo ante el prodigio de que aquel libro fuese mío y solo mío. Aquello era un auténtico tesoro, y yo la persona más afortunada del mundo.

Durante mucho tiempo yo fui feliz con aquel libro, feliz acaso como nunca en la vida. Fue un verdadero idilio, el más hermoso que uno se pueda imaginar. Aquel libro era mi amada y yo su amado, el libro y yo, los dos juntos, inseparables, viviendo no importa cómo ni dónde, y condenados a ser dichosos para siempre. Porque a mí me parecía que con aquel libro era bastante para toda la vida, y no hacían falta ya más libros, como tampoco los enamorados de verdad necesitan de ningún otro amor. Toda la literatura, toda la sabiduría, toda la belleza del mundo, estaban contenidas en aquellas setecientas páginas.

Y un día escribí mi primer poema, temeroso quizá de estar profanando algo, de haber ido demasiado lejos, de estar comiendo de la fruta prohibida, tímido al principio, y luego ya más atrevido según las palabras acudían solícitas al reclamo de algo oscuro que yo quería decir y que no sabía lo que era hasta que ellas, las palabras, venían a revelármelo. Era como un milagro, como los raptos místicos o las apariciones celestiales, y bastaba concentrarse en algo —es decir, en la Amada siempre inalcanzable, porque ese era mi gran tema, la Amada, que además no existía en la realidad, ni necesitaba existir— para que al rato un vocablo saliera a mi encuentro y surgiese como por arte de magia el primer verso, y luego otro, y otro, y así se iba haciendo real, y palpitaba como con vida propia, lo que sin el soplo creador del artífice no hubiese existido jamás. Ese era el rito, ese era el milagro de la portentosa fecundidad entre las palabras y las cosas. Ah, las palabras. A veces ocurría que me enamoraba perdidamente de una palabra hasta entonces desconocida y durante varios o muchos días vivíamos un amor turbulento, excluyente, febril, y yo escribía poemas donde esa palabra era la protagonista, la estrella invitada, y las demás hacían de teloneras. Palabras como *errabundo, cénit, heliotropo, añoranza, inefable, éxtasis, madreselva, doliente, iridiscente, plenitud, taciturno*... Y así llegó el día en que me sentí poeta de verdad, hermano menor de Bécquer, solitario y triste como él, elegido por un destino fatal como él, frágil pero también indestructible como él.

La poesía me hizo fuerte y me asignó un lugar en el mundo. Aquello era casi como ser abogado, y me hubiera gustado contárselo a mi padre, para que por una vez se sintiera orgulloso de mí. Ya no me preguntaba si pertenecía a la ciudad o al pueblo, o si yo era obrero o estudiante, o si mis verdaderos amigos eran los finos o los bastos, porque ahora mi sitio estaba en otra parte: un pequeño reino que ya no era del todo de este mundo, y en el que yo vivía a salvo de contradicciones y amenazas. A salvo por ejemplo de los amigos que por su posición social, por sus artes mundanas, por su labia, por sus músculos, por la elegancia en el vestir, ejercían su poder sobre mí, relegado siempre a los últimos puestos de la tribu, y en la que ahora mi papel de poeta me concedía un rango aparte en la escala jerárquica, supongo que el de hechicero o cosa así.

A salvo también, o al menos no del todo indefenso, del desdén de las muchachas de las que me enamoraba sin remedio y por las que sufría hasta la postración, porque ahora tenía el orgullo y el secreto poder de los versos, y por supuesto de la Amada, cómo no, al lado de la cual todas las otras, por hermosas que fuesen, eran solo una sombra, un simulacro, un puñado de calderilla y poco más. Y lo que son las cosas, parecía una invención inofensiva e inocente, una tontuna de muchacho, y sin embargo aquella Amada de ficción resultó ser la verdadera, la perdurable, el único amor auténtico que he llegado a conocer en la vida.

Y fuerte también y sobre todo ante mi padre, porque después del taller mecánico, y como no parecía que iba camino de llegar a ser un hombre de provecho, volví otra vez al mundo laboral, y nuestros encuentros y desencuentros eran cada vez más violentos, y cada vez su mirada sobre mí se iba haciendo más penetrante, más aviesa, más vengativa, más llena quizá de oscuros y temibles designios. Para entonces él había renunciado a hacer de mí no ya un gran hombre sino un simple hombre honrado y de provecho, nuestras relaciones se habían roto y éramos ya enemigos declarados. Yo personificaba para él el gran fracaso de su vida, y él era para mí la viva personificación del miedo. Aún hoy, su presencia evocada sigue siendo tan imponente y problemática como cuando vivía. Poco después murió, y aquel es el episodio central de mi vida, y el manantial de donde brota ciego e incontenible mi destino. Todo lo que ocurrió después ha estado presidido por los acontecimientos de esa tarde de mayo. Y han pasado los años y yo creo que no ha habido un solo día de mi vida en que no haya rememorado las circunstancias de su muerte. Le doy vueltas y vueltas sin lograr otra cosa que toparme una y otra vez contra lo irreparable.

Ese día, el 25 de mayo de 1964, yo fui a verlo por la tarde a la clínica, por compromiso, por consejo y mandato de mi madre, no por otra cosa. Fui con tres amigos finos, en un Peugeot 403 que tenía el padre de uno de ellos. Me esperaron abajo, montados en el coche, los codos en las ventanillas, los cigarrillos humeantes, y yo subí con la idea de despachar rápido la visita. Era una tarde radiante, ya casi de verano.

En la habitación estaban mi madre y mi hermana la mayor, las dos solícitas y apuradas, queriendo hacer algo pero sin saber qué hacer ni por dónde empezar, entregadas absurdamente a una actividad tan frenética como infructuosa. Mi padre ya había empezado con las ansias de la muerte. Se sentaba en la cama, iba al sillón, volvía a la cama, se tumbaba, se incorporaba, quejoso y suspirante, como un animal acorralado intentando huir de sus perseguidores. Y en un momento dado, una de las veces que se sentó en la cama, me miró. Yo no le había visto nunca aquella mirada. Era una mirada de miedo, indefensa, y sobre todo implorante. Me miraba implorando algo, quizá mi cuidado, mi cariño, mi protección. Fue algo fantástico, como un sueño. De repente yo me había convertido en el padre y él era el hijo, el desvalido y el desamparado, la víctima que mendiga un poco de piedad a quien tiene poder para otorgarla. Fue una mirada larga, de una intensidad reveladora: en un instante nos dijimos más cosas que en toda nuestra vida. Pero ya era tarde para todo. Desde que entré en la habitación (o quizá antes, no recuerdo, quizá ya mi madre me había alertado de la gravedad) yo sabía que se iba a morir, que se estaba muriendo. Lo sabía con tanta certeza como si ya hubiese ocurrido. Una certeza alimentada quizá por una oscura, recóndita, innombrable esperanza. Pero no lo sé, no lo sé. Solo sabía que él se iba a morir y que mis amigos me esperaban abajo y que yo quería irme, huir cuanto antes de allí, encender un cigarrillo, escapar hacia la ansiada libertad de aquella tarde luminosa de mayo.

En ese momento entró una enfermera y yo aproveché la ocasión para irme, sin despedirme de él, dejando solo para mi madre y mi hermana un vago adiós. Y me fui. Lo que no sospechaba, claro está, es que el camino que iniciaba en ese instante fuese tan largo y tan definitivo, porque ya no me dirigía a la calle sino hacia el futuro, era allí donde comenzaba mi verdadero futuro, el que con el correr de los años me traería hasta esta mañana en que escribo estas líneas, deudoras, como casi todo lo que he escrito en mi vida, de aquella tarde incesante de mayo. Y es que a veces el pasado no acaba nunca de pasar.

Por lo demás, estuve con los amigos hasta las diez en punto de la noche, y en todo momento supe lo que me iba a encontrar cuando llegase a casa. Desde la calle vi que, en efecto, las luces de las ventanas estaban apagadas. Subí directamente al tercero, a casa de doña Sara. Me abrió la puerta mi hermana la mayor y me dijo lo que yo ya sabía que iba a decirme. Solo me quedó por verificar que había muerto poco después de irme yo.

A mi madre no le he contado nunca nada de esto. Bueno, ni a mi madre ni a nadie, pero lo he escrito muchas veces. Y también muchas veces me he preguntado si se acordaría de mí en sus postrimerías, o si al salir la enfermera me buscó con la mirada y descubrió que ya no estaba, que había huido, que lo había abandonado, que hasta el último momento había traicionado sus esperanzas, y si no moriría con esa pena, también irreparable.

¿En qué piensas?

En nada. Bueno, sí, estaba pensando en cómo murió, cómo fue aquello.

Ya te lo he contado muchas veces, no sé por qué vuelves siempre a lo mismo.

Pero ¿qué decía, cuáles fueron sus últimas palabras?

Solo decía: Me muero, me muero. Iba de la cama al sillón, y otra vez a la cama, se sentaba, se levantaba, como si tuviera hormiguilla, y no encontraba ninguna postura que lo aliviara del dolor.

¿Y luego?

Luego ya se tumbó y parecía que al fin había encontrado una buena postura. Pero era que empezaba a asfixiarse y ya no se podía mover. Abría la boca pero ya no le entraba el aire, y se le extravió la mirada, hasta que los ojos se le pusieron en blanco.

¿Y qué más?

Pues nada más, qué más quieres. Entonces entró el cura y le dio la extremaunción.

¿Y él vio al cura, lo oyó rezar?

No creo. No creo que él estuviera ya para ver ni entender nada.

¿Y tú viste cómo se moría, el momento exacto?

¡Cállate ya, anda, y deja de hablar ya de esas cosas! Ahora lo que tienes que hacer es pensar en el futuro, y a ver cómo entre todos salimos adelante.

Yo había jurado ante el cadáver de mi padre que sería un hombre de provecho. Que llegaría a ser abogado. Lo habíamos velado en casa, y muy por la noche —la primera noche de su eternidad—, cuando todos dormitaban, yo entré en la habitación donde estaba expuesto a la luz de los candelabros con su traje oscuro y una camisa blanca con corbata de luto, y con los botines ya callados para siempre muy bien colocados junto a los pies, porque con la hinchazón no se los pudieron poner, y a solas con él, le hice aquella promesa.

Así que ahora trabajaba de oficinista y después de trabajar iba a una academia nocturna donde estudiaba asignaturas sueltas de un bachiller de ciencias en el que estuve atrapado durante años, y que nunca conseguí del todo superar. Aquello de que yo hiciera ciencias fue cosa de los curas. Aunque mi padre quería que yo fuese abogado, ellos dijeron que no, que las ciencias tenían más futuro que las letras, y que era mejor ser ingeniero que abogado. Y a mi padre no le pareció mal, qué iba a decir él. También de ingeniero me casaría con quien quisiera —es decir, con la mujer más rica y más hermosa del contorno— y se cumplirían igual todos aquellos planes que él tenía para mí antes incluso de que yo naciera. Así que yo tampoco era de ciencias ni de letras, un dilema más que añadir a los muchos que había ya en mi vida.

Pero mi juramento empezaba a perder empuje por la fatigosa rutina de la vida que yo llevaba por entonces. Era una vida perra de verdad. A las 6:30 de la mañana mi madre me despertaba con un susurro apremiante en la oreja: ¡Vamos, arriba, que ya es hora!, y allí empezaba la pesadilla laboral de cada día. La Central quedaba hacia el norte, en las afueras de la ciudad, y había que coger dos autobuses para llegar allí. En aquellos autobuses se representaba a diario la maldición bíblica del pan ganado no solo con esfuerzo y sudor sino también y sobre todo con tristeza. Eso era lo peor. Unos sentados, otros de pie agarrados a un hierro, todos allí cabeceábamos de sueño y nos mecíamos peligrosamente al borde de un abismo en el que no tardaríamos en precipitarnos. Y así un día y otro día.

A las 8, después de fichar, ya estaba yo en mi mesa, manejando la calculadora y rodeado de pilas de papeles. A un lado y al otro, filas de mesas con más auxiliares administrativos, y enfrente, presidiendo, la mesa del jefe de sección, y el jefe, claro está, trabajando, vigilando, paseándose a veces para comprobar la calidad y el ritmo de nuestras tareas. En la misma sala, que ocupaba una planta entera del edificio y que era de una sola vez, desnuda de muros y columnas, había otras cinco o seis secciones, cada una con su jefe, y muy lejos, allá en lo remoto, tan espacioso era aquel lugar, y ante las grandes cristaleras que cerraban el fondo, estaba el jefe de todas las secciones, en una mesa acorde con su rango, y al lado una mesa pequeña para su secretaria. Pero aquel jefe, con ser mucho, era solo un jefe menor. Los grandes jefes no estaban a la vista sino recluidos en sus grandes despachos, y es de suponer que usaban otras puertas y otros ascensores, y que entraban y salían de la Central por el garaje, en sus automóviles, porque no se les veía nunca, y en el tiempo que yo estuve allí, que fue casi un año, solo una vez vi a uno de esos grandes jefes, en Navidad, cuando entró un momento en la sala y nosotros, ya advertidos, nos pusimos todos en pie, y él, que era calvo, bajo y rechoncho, dio unos pasos y, destacándose de entre el grupo que lo acompañaba, con una voz clara e imperativa, como si impartiese una orden, nos deseó felices Pascuas.

Mi misión consistía en cuadrar el balance diario, eso era todo lo que tenía que hacer. De la planta de abajo, donde estaban los almacenes y las dársenas de los camiones, subía de vez en cuando un operario con un montón de papeles, que eran los albaranes de los repartidores, con las cantidades de cada producto, las devoluciones, los desperfectos, los precios correspondientes y el saldo total. Yo tenía que ir sumando esos saldos, y la cifra final (siempre en torno a las quinientas mil pesetas) debía coincidir exactamente con otra cantidad que me llegaba por otro conducto durante el turno de la tarde. A veces coincidía y a veces no (aquel era un momento de suspense, como cuando uno comprueba un décimo de lotería), y cuando no coincidía, aunque fuese solo por un céntimo, había que revisar las cuentas de todos los albaranes, uno por uno, en busca del error.

Era una tarea ímproba. Y más porque yo llevaba siempre un retraso de varios días con los balances sin cuadrar, por poco pero sin cuadrar, y los cajones de mi mesa estaban atestados de albaranes a la espera de una revisión definitiva que se iba haciendo cada vez más y más ilusoria. La calculadora era mecánica, y tras cada anotación había que dar media vuelta de manivela, lo cual hacía un ruido estridente de engranajes que, ya de por sí, y según la cadencia, delataba mi ritmo en el trabajo, y al final de la jornada, y tras usar varios rollos, la tira de papel bajaba al suelo y formaba allí un gran montón amorfo y esponjoso que palpitaba al menor viento, cientos y cientos de sumas y de restas, de cálculos malogrados, y a veces yo miraba el montón, el vano fruto de mi trabajo, y me entraba una gran tristeza al pensar en el montón que habría de hacer mañana, y al otro y al otro, y quizá así para toda la vida.

Trabajábamos de 8 a 2 y de 4 a 6 de la tarde. A media mañana subían con unas cestas metálicas y nos daban gratis a elegir entre una botella de medio litro de leche o un botellín de cacao. Cada cual levantaba cuidadosamente el precinto de aluminio y se bebía lo suyo de dos o tres tragos, no más, para que no pareciera que aquel remanso laboral era un recreo. De 2 a 4 comíamos en el comedor de la empresa y luego unos cuantos jugábamos al fútbol en un descampado de los muchos que había por los alrededores. Aquellos eran los mejores momentos del día. Como si fuese un reflejo de mi vida, yo jugaba vagamente de centrocampista. Si ofensivo o defensivo, si creaba o destruía, nunca lo tuve claro. A mí lo que me gustaba era correr, regatear, intentar alguna filigrana técnica y tirar a puerta cada vez que podía. Pero mi posición, mi juego, eran muy imprecisos. Y tampoco estaba claro si yo era titular o suplente.

Porque formamos un equipo, con uniforme blanco, claro está, y jugábamos los domingos contra equipos de otras empresas. A veces íbamos a jugar muy lejos, a lugares de Toledo, de Guadalajara, de Albacete, y en ese caso la Central nos dejaba un furgón cerrado con persianas metálicas, que era donde se transportaban las cántaras de leche cruda, y allí íbamos nosotros, sentados o a medio tumbar en el puro suelo y dando botes por aquellas carreteras de Dios, y había domingos en que regresábamos a casa muy de noche, cerca ya de la madrugada, molidos por el viaje más que por el juego. Un argentino, que jugaba muy bien, hacía también de entrenador, y tan pronto me ponía de titular como me dejaba de suplente, o me sacaba unos minutos, según el resultado, a veces de defensa, o de extremo, y siempre dando órdenes dentro del campo, ¡marcá al calvo!, ¡jugá entre líneas!, ¡escorate a la izquierda, boludo!, de modo que hasta en el juego aparecía también el maldito jefe de turno. También allí, en el fútbol, mi papel era de lo más confuso, y ese ha sido siempre el signo de mi vida, la ambigüedad, el desarraigo, el merodeo, la vaguedad de los contornos, la indefinición de las tareas.

Hacia las siete o siete y media de la tarde, después de otros dos viajes en autobús —y en ellos estaba intacta la tristeza de la mañana, de modo que los que nos conocíamos de vista rehuíamos la mirada para no sentir la vergüenza del fracaso en ciernes de nuestras vidas—, llegaba a la academia nocturna ya casi sin fuerzas ni ánimo para escuchar a los profesores, cuyas voces, convertidas enseguida en abejorreo, invitaban más al sueño y a la divagación que al conocimiento o a la curiosidad. Cuando llegaba a casa, era ya casi medianoche.

... Así que entre la renta de la finca, lo que tú ganas en la Central y lo que nosotras ganamos en casa, y si somos económicos, podemos salir adelante muy bien. Además, siempre podemos admitir a un huésped. Y dentro de dos años nos toca sacar la corcha. Y al rato: A lo mejor el año que viene nos compramos una televisión.

Mi madre era sabia en el manejo del dinero chico, el de todos los días, el que canta en los mostradores de los mercados, el que se puede contar con los dedos y esconder debajo del pliegue de una sábana. Nada que ver, desde luego, con el dinero grande del que a veces me había hablado mi padre. El dinero grande, el incontable, el invisible (el metafísico, hubiera dicho hoy), el que era como Dios, que está en todas partes pero no se le ve.

Empezaba a hacer fresco. El señor Emilio había apagado y cerrado el quiosco y en la oscuridad —aún se obstinaba en algo— se intuían sus movimientos por la brasa del cigarro en la boca.

Sí, has cambiado mucho. Tu padre estaría ahora orgulloso de ti.

Yo no me atreví a decir nada. Cuando en la conversación salía a cuento el dinero y el futuro de la familia, a mí no se me ocurría nada que decir. Tenía dieciséis años, y un sombrío mundo laboral amenazaba con cerrarse sobre mí y atraparme en él para siempre. Así era la vida, y ese era acaso mi destino. Como el señor Emilio, por ejemplo, que había sido conductor de tranvía durante cuarenta años, y que ahora tenía una pensión de 1500 pesetas al mes y que se ayudaba con el quiosco para sobrevivir. He ahí un caso de dinero chico de verdad. Más de cuarenta años sentado ante las manivelas de un tranvía y ahora doce horas diarias metido en aquel chiscón, y así hasta el último aliento útil de su vida. Pero no: algo en mi interior me decía que no, que algo ocurriría en algún momento para poder levantar el vuelo hacia otra parte: he ahí un buen asunto para un poema, y la evidencia súbita de mi condición de poeta (¿cómo era posible que a veces lo olvidara?) vino a rescatarme del desánimo en aquella noche de septiembre. Cuando venga el otoño, pensé, con las primeras lluvias, su muerte quedará ya lejos. Será casi como si no hubiese ocurrido.

Habrá que pensar en cenar y acostarnos, que mañana hay que madrugar.

Pero durante un rato todavía continuamos allí, en silencio, respirando el aire nuevo de la noche, y los dos entregados secretamente a una esperanza cuyo origen no nos atrevíamos a nombrar.

7
Grandes descubrimientos
1936-1939

Hacia 1950 no se estilaban los viajes, y menos aún entre la gente menesterosa y campesina, que estaba atada de por vida a la tierra. El que más lejos se atrevía, llegaba como mucho hasta la capital de la provincia, pero no más allá. Mis abuelos paternos y maternos no vieron nunca el mar, y mis tíos y mis tías, solo de viejos, y no todos. Mi padre, por ejemplo, como muchos otros, viajó por primera vez por el servicio militar, y más le hubiera valido quizá, dicho sea de paso, no haber salido nunca del lugar olvidado del mundo en que nació. Le tocó en Seu d'Urgell, y estando allí estalló la guerra, y entonces comenzó para él una experiencia esencial, que forjaría su carácter y lo marcaría para los restos.

No es mucho lo que he llegado a saber de aquellos años. Entre lo poco que mi madre me ha contado y las cartas que él escribió desde el frente, sé que una parte de la guerra la hizo con los republicanos y la otra parte con los nacionales. Sé que los republicanos, por razones que no he llegado a averiguar, lo tuvieron preso catorce meses en el castillo de Montjuich, a la espera de juicio. Como en ese tiempo no lo dejaron escribir cartas, en casa y en el pueblo lo daban ya por muerto. Mi abuela Frasca se pasaba los días llorando sin consuelo. Cuando por fin llegó una carta suya, ya estaba en el bando nacional, en Zaragoza, sano y salvo, pero ahora los otros lo habían condenado a muerte, y en cualquier momento podía cumplirse la sentencia. Entonces mi abuelo Luis, el pionero, partió de urgencia a Zaragoza con cartas de acreditación y llegó con el tiempo justo de salvarle la vida. Según mi madre (y esa sería sin duda la versión de mi padre), llegó cuando estaba de pie ante el paredón y el piquete de ejecución con las armas ya prestas. Pero yo sospecho que ese desenlace es una licencia imaginaria del tipo de las mías cuando de niño traía noticias maravillosas de Madrid. Lo cierto es que, tanto en un bando como en el otro, salvó el pellejo de milagro.

El resto de la guerra lo hizo en una compañía de tanques, que era a lo que él aspiraba, un deseo que nada tenía que ver con asuntos o intereses bélicos sino con la fascinación que sentía por el funcionamiento y el manejo de aquellas máquinas formidables. Él ambicionaba ser conductor, y no sé si llegó a serlo, creo que sí, porque eso nunca quedó en claro, pero de cualquier modo lo pasó muy bien en ese destino, o por lo menos eso cuenta, entusiasmado por tantas novedades y aventuras como estaba viviendo.

Tiene un buen sueldo (el primero y el único en su vida), tiene buenos compañeros, la comida es buena y abundante, tiene una escopeta muy buena, que debió de obtener como botín en alguna ofensiva, con la que sale a cazar en días o en horas de permiso. Solo el tabaco es escaso y caro, pero de casa le envían remesas con frecuencia, de modo que nunca ha tenido tanto de todo como ahora. ¿Qué más puede pedir? En Zaragoza va a los toros y se queja ante su padre de la poca casta del ganado y de la mala actitud de los toreros de hoy, que solo vienen a llevarse el sueldo. Cuando escribe en plena batalla de Teruel, cuenta que son las dos de la mañana, que han hecho una gran fogarata para calentarse, que están bebiendo un café riquísimo y que quizá mañana, si hace buen tiempo y no hay que combatir, salga con la escopeta a dar una vuelta por la retaguardia. Había visto muchos horrores, y en sus cartas dice que ya los contará a la vuelta, si es que hay palabras para contarlos, así dice, pero añade que ya se ha acostumbrado al horror y que lo pasa bien, y que está corriendo mucho mundo, viendo muchas Capitales (lo escribe así, con mayúscula), y que no sabe si cuando vuelva al pueblo va a ser capaz de acostumbrarse a vivir en él, después de tantas experiencias y correrías y tantos lugares y gente extraordinaria como está conociendo. A su madre, que tanto sufre por él, le dice a veces: Usted no se apure, madre, que todavía no se ha fabricado la bala que me mate, que debía de ser un dicho rutinario entre los combatientes.

Las cartas, salvo alguna a lápiz, están todas escritas con pluma, no con estilográfica sino con tintero, palillero y plumín, y la letra es esmerada, con los trazos un tanto preciosistas de la caligrafía que le enseñaron en la escuela. En cuanto al estilo, aunque con faltas ortográficas aquí y allá, es pulcro, y se expresa con propiedad y fluidez. Se suele guiar por el ritmo del lenguaje hablado, pero no falta el formalismo y hasta la leve afectación propios de la expresión escrita. En todo ello se trasluce la actitud de alguien que tiene un gran respeto por los rituales del saber. Firma con tanta energía que el plumín despide en torno una lluvia de chispitas de tinta.

Su itinerario fue: Barcelona, Zaragoza, Teruel, Lérida, Castellón, Tarragona, Barcelona otra vez (donde vio por última vez el mar) y Madrid, por no mencionar poblaciones menores como Cariñena, Manresa o Alcalá de Henares. Parece ser también (pero esto ya son conjeturas) que tenía una novia de guerra, una novia epistolar, en Santander, y que estaba preparando el viaje desde Castellón para ir a verla, a ella y de paso a la Capital, porque se movía ya por el mundo con una soltura y un atrevimiento insospechados hasta entonces en él. Sí, aprendió rápido, muy rápido, demasiado rápido tal vez.

En tiempos le preguntaba a mi madre lo que todos los jovencitos ansían saber de los que estuvieron en la guerra, si mataron a alguien. Él decía que cuando estuvo en la infantería no tiraba a dar, o que tiraba con los ojos cerrados, contestaba siempre mi madre. Yo pienso que quizá eso es lo que decían todos. Nadie tiraba a dar, o cerraban los ojos al apretar el gatillo, pero caían como moscas. Para ser una guerra entre ciegos, la masacre que armaron no estuvo nada mal.

Cuando regresó definitivamente a casa, que yo sepa trajo diez metros de tela blanca (a 3,30 pesetas el metro), telas finas para sus dos hermanas solteras (a 13 pesetas el metro), y para él unos cortes de género con que hacerse a medida dos o tres trajes, y dos cajas de pañuelos de bolsillo, además de abundantes telas ordinarias, dos relojes (un pequeño Omega de pulsera y un Roskopf de bolsillo), y una pistola, que yo nunca llegué a ver.

En cuanto a la escopeta, tenía la idea de traérsela y regalársela a su padre, y así lo dice en una carta, pero por la razón que fuese no llegó a formar parte, la escopeta, de su pobre botín de guerra.

Luego, hasta que lo conocí, apenas sé nada de su vida.

8
Breve viaje sentimental por mi biblioteca
2013

Ayer fue un día que se quedó casi sin vivir. Ya al despertarme, antes incluso de abrir los ojos, me di cuenta de que no tenía voluntad ni ganas de hacer nada, ni de leer, ni de escribir, ni de salir a pasear, ni de curiosear en Internet o ver un rato la televisión. Nada. Se abría ante mí uno de esos días vacíos, huecos, en que uno no tiene ni siquiera ganas de vivir. Ya por la tarde se puso a llover y las horas se hicieron lentas, interminables, como en esos poemas de Antonio Machado en que la monotonía lo anega todo, y todo lo ensucia y lo enfanga, y me acordé de aquellos versos cantarines donde los colegiales —es una tarde parda y fría de invierno— recitan a coro la tabla de multiplicar mientras afuera cae la lluvia sobre un mundo que parece haberse quedado como suspendido en la eternidad.

¿Dónde está la vida?, se pregunta uno entonces. Era una lluvia mansa y otoñal y yo veía las gotas engordar y desprenderse una a una de las hojas empapadas de la acacia, y cada vez que la hoja se liberaba del peso de una gota, daba hacia arriba un pequeño respingo y otra vez a empezar, y en eso me pasé casi toda la tarde, en oír llover y en ver las gotas que se formaban y caían. Por un momento se me vinieron a la memoria los días de lluvia de mi infancia, cuando toda la familia se quedaba callada, sobrecogida por aquel misterioso acontecer que era la lluvia cayendo y sonando sobre el campo. Y como también los animales se quedaban callados, extáticos, ante ese acto primordial de la naturaleza, en todo el campo se hacía un gran silencio y una gran soledad, y cualquier ruido, por pequeño que fuese, una tos, un suspiro, el crujir de una silla, sonaba atronador e irreverente.

También ahora, a veces creía estar a punto de tener una intuición maravillosa o de sentir la inminencia de una tarea capaz de apasionarme, pero bastaba un rumor en el piso de arriba, el grito lejano de un niño, el vago insinuarse de otro pensamiento, para que se me borrara de la memoria lo que tanto prometía, y la distracción se consumase en olvido. A todos nos ocurre, y esas súbitas trascendencias vencidas por una minucia definen bien nuestra cómica condición humana. Seguí viendo la lluvia. Si al menos apareciese la violinista, pensé, y se pusiera a tocar y a mecerse ante el atril, quizás entonces aún pudiera salvarse este día, encontrar un mínimo sentido a este vano existir, quedar redimido por ese momento de belleza. Aunque un claro presentimiento me decía que no iba a aparecer, así y todo me obstiné en esperarla y, con la espera, la tarde se fue poniendo más y más fastidiosa.

Pero de pronto algo —un libro— vino en mi socorro. La olvidadiza memoria es así. La memoria, siempre la memoria, su constante oleaje revolviendo sin cesar el pasado, sin dejarnos descansar de lo ya vivido, y ya casi olvidado. De Antonio Machado salté a *Madame Bovary,* donde hay un momento en que las gotas de lluvia caen y se oyen caer, de una en una, como me ocurría a mí en esos instantes. Me levanté, fui a por el libro y no tardé en encontrar lo que buscaba. Es una escena preciosa. Charles ha ido a la granja de los Bovary. Él, tan ingenuo, tan tonto, aún no sabe que está enamorado de Emma, pero nosotros, los lectores, a quienes Flaubert nos hace tan listos, lo sabemos de sobra. Lo sabemos desde el principio, cuando en la primera visita, y en el momento en que se dispone a marcharse, a Charles se le cae la fusta entre unos sacos de trigo y los dos, él y Emma, se inclinan a buscarla y sin querer sus cuerpos se rozan un instante. «Ella se incorporó muy colorada y lo miró por encima del hombro al tiempo que le alargaba la fusta.» Eso es todo lo que nos cuenta Flaubert. ¿Todo? No. Porque el párrafo siguiente comienza así: «En vez de volver a la granja a los tres días, como había quedado convenido, volvió al día siguiente». Ya sabemos por qué.

Y ahora, en una de las visitas, Emma está en el umbral de su casa y lleva una sombrilla porque es primavera y la nieve se está fundiendo y caen gotitas del alero. La sombrilla es de seda tornasolada y «al ser traspasada por el sol iluminaba con reflejos movedizos la blanca tez de su rostro. Y ella sonreía allí debajo, al amparo de aquella tibieza; se oían caer una por una las gotas sobre el tenso moaré».

Esta última frase está subrayada a lápiz, porque yo soy uno de esos lectores impertinentes que siempre lee con un lápiz en la mano y que no para de subrayar, de escribir notas en los márgenes, de trazar flechas, de enmarcar palabras, de remitir a otras páginas, de hacer dibujitos mientras se abandona placentera o críticamente a lo que acaba de leer. Y así, en aquella lectura dibujé un capricho geométrico mientras veía los tornasoles filtrados por la seda. ¿Luz desvaída de oro viejo?, ¿luz vehemente de crepúsculo o de libro miniado?, ¿de hoja de acacia en pleno invierno? En cualquier caso, esa es la luz que ha elegido Flaubert, y con qué obsesivo cuidado lo haría, para que Charles se abandone incondicionalmente al amor, y para que nosotros veamos cómo y por qué se enamora de Emma. Oímos caer y estamparse las gotas heladas sobre la seda tensa, vemos la sonrisa de Emma, su cutis pálido levemente dorado, sentimos la atmósfera tibia de intimidad que se crea bajo la sombrilla, como un refugio contra la cruda realidad de afuera, y como un anticipo del hogar y de los mansos y cálidos placeres conyugales... Hay una nota escrita al margen: «Esas gotitas cayendo sobre la sombrilla son los latidos del corazón de Charles. Esa es la banda sonora de la escena que anuncia y proclama el triunfo del amor. La música tramposa y fatal del amor».

Una vez más pensé que por qué no escribo un libro que se titule algo así como *Breve viaje sentimental por mi biblioteca.* Y es que hay días en que no tengo ganas de leer pero sí de releer, o más bien de hojear, de pasearme entre mis libros y buscar en ellos fragmentos subrayados o anotados, lo cual equivale en efecto a hacer un viaje sentimental por mi pasado imaginario, por mi memoria de lector. En muchos libros encuentro líneas o párrafos resaltados a lápiz con una pasión que a veces todavía comparto pero que en otras me resulta ya extraña y como ajena. ¿Por qué quise destacar esa frase, esa escena, atesorarlas con tanto fervor, defenderlas contra el olvido, dejar allí constancia de mis desvelos de lector? No lo sé, no lo sé. Como en la historia de nuestros amores, puede ocurrir que el anhelo de ayer no nos inspire ya otra cosa que un poco de nostalgia, de tristeza por algo que en su día fue intenso y aspiraba a ser definitivo, y que al cabo solo nos dejó el testimonio hiriente del tiempo que se fue, y la alegría maltrecha de un entonces que, a pesar de todo, se obstina aún en palpitar. En los libros leídos está la sombra, el rastro de lo que fuimos, los diversos bocetos de nuestro aprendizaje estético y de nuestra evolución vital, los vestigios de ciertos afanes que un día nos conmovieron y que luego, tras ser devastados por el tiempo, con los materiales de sus ruinas construimos nuestro modo de ser y de sentir, y lo más valioso y secreto de nuestro bagaje cultural.

También en la vida real la memoria funciona así, con pasajes subrayados y notas marginales, con detalles cargados de sugerencia, a veces convertidos en símbolos. Hay épocas de nuestra vida de las que apenas recordamos nada. Años que, por intrascendentes y rutinarios, que son casi todos, la memoria ha ido abandonando hasta entregarlos al más atroz de los olvidos. ¿Qué hice yo cuando tenía treinta y cuatro, veintiséis, cuarenta y ocho años? Imposible saberlo, fuera de algún episodio excepcional o del vago contorno de las tareas habituales, de las costumbres fuertemente arraigadas. Fuera de eso, y salvo que se escriba, porque lo que no se escribe se pierde sin remedio, recordamos si acaso un olor, un sabor, un gesto, un rostro, la pesadumbre de una lejana tarde de lluvia, y a menudo queda tan solo una sensación casi inefable, una sensación que es la experiencia destilada en el alma y hecha ya sentimiento. Y los sonidos, cómo no, la banda sonora de la memoria, porque a veces del pasado no nos llegan tanto las palabras y las cosas como las voces, los ruidos —el golpe de una garrota en la percha—, las risas, los murmullos, la honda significación del silencio en ciertos momentos definidos precisamente por las pausas, como ocurre a menudo en la música, en el teatro o en el cine.

Todo esto, estos párrafos de sabor proustiano, es algo que he sabido desde casi siempre, y sobre lo que he disertado y escrito en más de una ocasión, pero ahora, al enfrentarme de un modo tan directo con mi pasado, lo veo con una claridad nueva, deslumbrante. Y ayer, mientras ya me disponía a iniciar un breve viaje sentimental por mi biblioteca, de pronto miré a mi alrededor y, también con un repente de extrañeza, me quedé asombrado de la cantidad de libros que tenía. ¿Cuántos habría en la biblioteca de Emma Bovary? Ah, sus manos pecadoras en los libros, mordiéndose los labios mientras lee, mordisqueándose las uñas, deshilándose un mechón de cabello, preludiando caricias y suspiros que dentro de poco se consumarán en la realidad... ¿Cuántos? Yo debo de tener 4000 o 5000 libros, y eso sin contar los del trastero y los que he ido dejando, cientos y cientos, en los bancos de las plazas públicas para que los curiosos los hojeen y se lleven a casa los que quieran, como quien adopta a un animal abandonado.

Cuatro o cinco mil libros, se dice pronto. Quién me iba a decir a mí que iba a llegar a tener tantos y tantos libros. Entonces me acordé de los primeros que tuve en propiedad, del inicio de esta biblioteca, como el hilo de agua del manantial que llega a convertirse en un río caudaloso. Y de aquellos libros de entonces, me acordé especialmente de uno, que compré en 1969, que no llegué a leer pero que fue esencial para mi destino de lector y escritor. Sí, aquel fue un año singular, uno de esos años del que uno conserva muchos recuerdos, quince o veinte recuerdos por lo menos, y con una nitidez que parece que los viví ayer mismo.

Pensé que el día, tan llamado a ser un vano ayer, aún podía ser rescatado para la vida, aunque solo fuese por mediación de la memoria, de la reminiscencia de otros días que sí fueron vividos con plenitud, y que ahora acudían al rescate de un presente sin alma.

9
Caprichos del azar
Primavera de 1969

Volví al sillón, cerré los ojos y al compás de la lluvia me concentré en aquellas fechas tan lejanas. Poco a poco fui cayendo en la cuenta de que, hasta 1969, mi vida fueron años confusos de actividades revueltas, lío de velas y jarcias, vientos huracanados e inconstantes, y un navegar sin rumbo dando bandazos hacia ninguna parte. Y de pronto ocurrió un hecho mínimo y decisivo que vino a poner orden y luz y un norte fijo para siempre a mi vida. Debió de ser a últimos de febrero o principios de marzo. Yo iba camino de la inevitable academia nocturna, donde cursaba Preuniversitario, y de repente entré en una librería de la calle Preciados y me compré un libro. Eso fue todo. Durante varios días me había parado ante el escaparate, pensando, dudando, comparando títulos, precios, posibilidades, imaginándome sus olores y las maravillas que se encerrarían en sus páginas, hasta que al fin aquella tarde me decidí a entrar en lo que aún eran para mí recintos extraños, reservados a gente que no tardaría en detectar en la inseguridad de mis maneras al advenedizo, al intruso, acaso al impostor.

Sí, eso fue todo. Supongo que así es como combina sus bazas el destino, donde a menudo un naipe de poco valor es la llave para cerrar y culminar una jugada magistral. Claro que, en aquellos años, comprarse un libro era todo un acontecimiento. ¿Cuántos libros tendrías tú entonces? ¿Quince, veinte quizá? No muchos más en cualquier caso. A *Las mil mejores poesías de la lengua castellana* fueron siguiendo muy lentamente otros, *Sinuhé, el egipcio, Qué verde era mi valle,* las *Rimas* de Bécquer, *Los versos del Capitán, Romancero gitano,* una antología de Juan Ramón Jiménez, y otros que no recuerdo, que yo atesoraba en el estante de mi mueble cama, un poco desordenados para que ocuparan mayor espacio y parecieran más de los que eran. Cuando tuve seis o siete, yo me creía ya rico en libros, y no digamos con quince o veinte. Los conocía por el olor y no me cansaba de olerlos (ah, la fragancia balsámica de algunos en rústica fuertemente encolados), y los leía y los releía con unción religiosa y gravedad profesoral.

Fuera de eso, había devorado cientos y cientos de novelas policíacas y del Oeste, muchas de un tirón, porque entonces yo no me cansaba de leer, y otros muchos libros llegados de aquí y de allá, y sobre todo de la biblioteca de una vecina del tercero que era viuda de un alto funcionario de Hacienda, doña Sara, y que fue además la primera de todo el inmueble en tener televisión.

Yo subía a veces a su casa a ver partidos de fútbol y a tomar de prestado algún libro, siempre que mi presencia, y esto era sagrado, no incordiase a los huéspedes. Siempre me lo recordaba, muy seria, con su pelo blanco y su toquilla malva, mucho cuidado, mejor es que te encierres en el salón y que no te vean, y no se te ocurra hacer el menor ruido.

Porque doña Sara tenía dos huéspedes ilustres a pensión completa. Uno era Francisco Regueiro, el director de cine, que entonces estaba empezando su carrera, y el otro era un anciano frágil y excéntrico con el pelo blanco electrizado a lo Einstein y vestido siempre con una elegancia y una pulcritud exquisitas, y que solo años después llegué a saber que se trataba de Abel Bonnard, poeta y ensayista célebre y laureado, miembro de la Academia Francesa, de la que llegó a ser decano, ministro de Educación con el gobierno de Vichy, además de otros muchos honores, y que después de la guerra fue condenado a muerte, y finalmente al exilio, y que por esas cosas de la vida vino a parar al barrio de la Prospe, a nuestro inmueble, al piso de doña Sara, a una habitación desde la que solo se veía un triste patio de manzana, a saber qué es lo que pensaría aquel gran hombre viendo ese pobre paisaje y recordando sus tiempos de gloria, de refinamiento, de esplendor, de poder, cuando se codeaba con lo más selecto de la sociedad occidental... La gente gorda de la sociedad occidental.

La televisión, la biblioteca, los huéspedes, todo era prometedor y excitante en aquel lugar. El señor Bonnard no se fiaba de los extraños. Temía que un esbirro de De Gaulle, que se la tenía jurada, viniera a asesinarlo.

Y ese asesinato sería por envenenamiento. Para prevenirlo, el señor Bonnard tenía un péndulo de plata con sustancias mágicas en su interior y que, puesto en el plato recién servido, con sus movimientos detectaba el veneno. Que un hombre así, francés y acabadamente racionalista, y a quien en su juventud aclamaron como a un nuevo Voltaire, tras rendirse a la magia de los bárbaros, llegue finalmente a confiar su vida a un péndulo, yo creo que nos dice mucho, casi todo, sobre el misterio de la existencia humana.

Total, que yo llegaba con gran sigilo y veía el partido con el volumen muy bajo o entraba de puntillas en la biblioteca y elegía un libro al azar. Supongo que era una biblioteca disparatada, donde alternaban autores de lo más variopinto. ¿Qué libros había allí? Imposible acordarse, porque además yo entonces apenas reparaba en los títulos y en los autores y leía como el hambriento que engulle con ansia y sin otro afán que colmar su apetito insaciable. Pero no es difícil imaginar qué lecturas serían aquellas, quizá algo de Ortega y de Spengler, biografías de grandes hombres, tratados de historia, cuentos de Dickens o de Chéjov, novelas de Blasco Ibáñez, de Lajos Zilahy, de Frank Yerby, de Gironella, de Simenon, de Baroja... Todos aquellos libros constituyeron algo así como el sustrato inicial sobre el que fueron depositándose con los años lechos sedimentarios de otras muchas lecturas más pacientes y atentas hasta borrar por completo, o eso parece al menos, todo vestigio de aquella edad arcaica.

Esa fue mi educación literaria hasta los veintiún

años. Como nunca tuve amigos cultos ni traté con gente aficionada a los libros, como no hubo ningún maestro que pusiera un poco de orden en el caos, y como mi penoso bachillerato de ciencias me privó tanto de una elemental formación científica como humanística, yo vivía al margen de todo canon cultural, en una especie de estado silvestre, y así, desinformado y descanonizado, entré en la librería aquella tarde del 69 y compré el libro por el que suspiraba desde hacía algún tiempo.

La transacción fue rápida y enérgica, quizá presumiendo de cultura y dinero, de quien está habituado a comprar libros sin titubear en el título ni reparar en el precio. ¿Se lo envuelvo? No.

Ahí sigue, cuarenta y cuatro años después. Ya ha perdido sus aromas originales, sus efluvios balsámicos, y ahora huele solo a papel viejo, que es más o menos como olían los campos polvorientos del verano que recorría en mi infancia. Muchas hojas, casi todas, están sin cortar, y no hay ni una sola anotación marginal, ni siquiera un subrayado. Ayer lo abrí, imaginándome a mí mismo con veintiún años, y leí:

Balmes
El criterio. Seguido de la Historia de la Filosofía
Ediciones Ibéricas, 1959. Octava edición
50 pesetas

Yo no sé cómo me había aficionado a la filosofía. Lo mismo que con la poesía, también me enamoraba de palabras especulativas, de términos cuya potencia metafórica abrían de golpe un filón nuevo de conocimiento, el regalo maravilloso, imprevisto, de la lucidez. Palabras como *ámbito, naufragio, fermentar, coyuntura, devenir, inmanencia, irradiar...*, que parecían invitarte a explorar y a descubrir tesoros conceptuales que se escondían en la sima de sus significados.

Y así, atravesé la Puerta del Sol hacia la calle Postas, donde estaba la academia, sin sospechar que aquel libro era la llave que abriría mi futuro hacia una nueva edad.

10
Las cuentas de la vida
Hacia 1940

Siempre me ha intrigado, como un rasgo significativo y misterioso de la psicología humana, que la vida de diario encuentre un cauce para seguir fluyendo como si tal cosa durante las guerras, que los niños sigan jugando, los músicos haciendo música, los bailarines danzando, los escritores (que acaso ni siquiera hacen mención en sus libros al momento histórico que viven) escribiendo, las muchachas poniéndose guapas, los novios bailando incansablemente a media luz... Es inquietante, y reveladora de los fondos turbios de nuestra alma, la facilidad que a veces tenemos para convivir con el horror y para reajustar o acomodar a las circunstancias, de un día para otro, nuestra tabla usual de valores.

En estos casos, siempre me acuerdo de la siguiente historia. Dos jóvenes filósofos alemanes se encuentran un día de finales de julio de 1914. ¿Te has enterado ya de lo sucedido?, pregunta Falkenfeld, trémulo de ansiedad. Sí, claro, Sarajevo, dice Herbert Marcuse, que es quien cuenta el suceso. No, no, dice Falkenfeld, escandalizado, que mañana se suspende el seminario de Rickert. ¿Qué pasa, que está enfermo? No, es por la amenaza de la guerra. Y precisamente mañana me tocaba a mí exponer el trabajo sobre Kant. Falkenfeld fue llamado a filas. Me va bien, como siempre, le escribe a Marcuse desde las trincheras, solo que el ruido de los cañones me ha dejado casi sordo. Más abajo dice: Sigo opinando que la tercera antinomia de Kant es más importante que toda esta guerra mundial. Más abajo especula sobre la posibilidad de que una granada francesa hiera su cuerpo empírico, y acaba diciendo: ¡Viva la filosofía trascendental! A Falkenfeld lo mataron en el frente poco tiempo después.

Cuando conocí esta historia, pensé de inmediato en mi padre, que regresó de la guerra derrotado no por la armas sino por las letras, por la visión alucinada de una realidad desconocida y ni siquiera imaginada o soñada hasta entonces por él. Descubrió el ancho mundo, y con él el progreso, los prodigios de la modernidad, las complejidades y el brillo de la vida urbana, la invitación a la aventura de los barcos que zarpan hacia los confines oceánicos, y la ilustración y el saber, claro está: el hombre que sabía hablar en francés o en inglés, el que sabía tocar el acordeón o la guitarra, el que sabía hacer versos, el que sabía expresarse con una elocuencia que te embelesaba y persuadía ya de antemano, el que sabía escribir a máquina con todos los dedos a la velocidad del rayo, el que sabía ser ingenioso, el que sabía pintar, el que sabía juegos de manos, el que sabía de mecánica, de medicina, de leyes, de política... Y todo eso, las melodías del acordeón, los trazos de un dibujo, el alegre teclear de la máquina de escribir, los trucos de magia, las Capitales, la música exótica de otras lenguas, todo eso (como las antinomias kantianas para el infortunado Falkenfeld) fue para él mucho más importante que la guerra, con todos sus horrores rutinarios y estériles y su fragor ensordecedor de cataclismo histórico. (Dicho sea al margen, muchos años después a su hijo le ocurriría algo similar, pero con la literatura. El mundo objetivo palidecía y se desvanecía ante la vívida realidad de los libros y de la escritura.)

Y todos aquellos compañeros, que tanto sabían, venían a tener más o menos su misma edad. Entonces cayó en la cuenta, y aquel fue un descubrimiento trágico, de que él no sabía nada, o que lo poco que sabía carecía de valor, de que había desaprovechado la juventud y de que estaba condenado inexorablemente a desperdiciar también el resto de su vida, porque cuando volvió al pueblo retomó sin más sus quehaceres campesinos, sus rutinas de antaño, y todo volvió a ser como antes de la guerra, como si esos años de andanzas y saberes no hubieran existido: la soledad de los campos, sin más compañía que los animales o el trato con gañanes, con gente que desconocía el ancho mundo y las maravillas de la modernidad y que carecía de cualidades y hasta de coraje para soñar y ambicionar, el ocio en la taberna, la monotonía mortal de los días, de las estaciones, y el pobre ámbito urbano del pueblo, que enseguida se le quedó muy pequeño para sus ansias de mundo y de conocimiento. Y así para siempre, porque eso era todo cuanto el futuro le tenía reservado. Parecía una burla del destino, como en aquel cuento del mendigo al que convierten en rey por un día para devolverlo luego, confundido y escarnecido, a las miserias de su verdadera realidad.

Tu padre lo que quería era vender todas las tierras y las casas y comprar taxis en Madrid. Vino de la guerra con esa rutina en la cabeza, y le estuvo dando la matraca a tu abuelo Luis durante mucho tiempo, venda usted todo, padre, y compre taxis en Madrid, y vámonos todos para allá, no sea tonto, que allí es donde está el futuro, pero tu abuelo decía que la tierra era sagrada y que vender era pecado, y que ellos habían sido siempre campesinos y no tenían nada que ver con las ciudades ni los taxis. Bah, se pasaron toda la vida discutiendo sobre eso.

Pues no le faltaba razón, decía yo. Seguro que con los taxis nos hubiéramos hecho ricos.

Y ella: Pues a lo mejor. Tu padre sabía muy bien lo que decía. Sería como quiera que fuese, pero era un hombre muy inteligente.

Y, en efecto, eso fue quizá lo peor, que en la guerra había descubierto (descubrimiento trágico también) que él era un hombre listo, un hombre con talento, y a veces no había desmerecido al alternar y retrucarse con compañeros urbanos e ilustrados, y que hubiera podido llegar lejos, ser por ejemplo, empezó a echar cuentas, siempre anduvo a vueltas con sus cuentas, un gran mecánico y hasta un gran abogado, o haberse reenganchado en el ejército del Aire y llegar a oficial, pero que por falta de oportunidades, y por la desgracia de haber nacido en aquel mísero rincón olvidado del mundo, se había quedado en nada, buena simiente caída en mala tierra, un fruto malogrado, un caso digno de piedad. Todo el genio y la clarividencia que yacían en su alma, hasta entonces incultos, ociosos y dispersos, debieron de reunirse en un punto para relumbrar un instante y revelarle de una vez por todas el desolado paisaje de su vida.

Así que la guerra inoculó en él el germen de un afán sin objeto, que sería ya fuente inagotable de frustración y de melancolía, y de una hiriente conciencia de fracaso ante lo que pudo ser y no fue, lo que estuvo al alcance de su mano y no llegó ni siquiera a tocar. La guerra, que tanto le dio, fue finalmente para él una derrota personal. A ese horror, no se acostumbró nunca.

Su carácter se fue haciendo cada vez más huraño y sombrío, con raptos de euforia que solían acabar en relámpagos de violencia, o en interminables jornadas de postración anímica.

¿Y qué hacía cuando se ponía eufórico?

Pues de pronto decía: Mañana voy a cavar un pozo, o a levantar una pared, o a plantar una viña... Y al otro día se levantaba muy temprano y se ponía a trabajar como loco, a veces solo y a veces con algún criado. Pero enseguida se aburría y lo dejaba, a lo mejor ese mismo día, o al rato de haber empezado, porque él no tenía paciencia para nada.

¿Y qué hacía entonces?

Se sentaba en el corral o debajo del eucalipto a fumar, a escupir y a mirar a lo lejos. O se ponía a hacer números en el librito de papel de fumar. Si le preguntabas, decía: Estoy echando cuentas. ¿Y qué cuentas son esas? Ay, compañera, las cuentas de la vida, decía. Sí, las cuentas del Gran Capitán, le decía yo.

Y es verdad, yo lo recordaba así, fumando y escupiendo, porque entonces los hombres escupían mucho, y revolviendo la tierra con los pies, debatiéndose en el cieno de su tedio vital, y en esos casos siempre me acuerdo de algo que mi padre le dijo un día a mi hermana la mayor. Cuando cumplas veintiún años te tengo que decir una cosa muy importante que no le he contado nunca a nadie. Ese fue el trato. Pero mi hermana cumplió los veintiuno tres días después de que él muriera, de manera que nos quedamos sin saber qué secreto sería aquel que tan celosamente guardaba para sí.

En esos momentos depresivos, le daba por dormir con la pistola bajo la almohada. Tenía al parecer oscuras esperanzas depositadas en esa pistola, y más de una vez le dijo a mi madre: Cualquier día de estos me pego un tiro, porque a mí ya me da igual vivir o no. Así que ahora entiendo algo del significado de aquel tango («Adiós, muchachos, compañeros de mi vida») que un día le oí cantar en soledad con mucho sentimiento. Ahora sé qué compañeros eran aquellos a los que tanto añoraba, y la honda tristeza del adiós.

Y pasaron los años, y solo cuando empezaron a llegar los primeros ecos del turismo, y de la emigración, y del boom urbano e industrial, encontró al fin una empresa digna de su ambición. Era el momento de ponerse de nuevo en camino hacia la gran ciudad, la tierra prometida, el lugar propicio para las utopías, el centro del mundo, allí donde los sueños, por altos que sean, pueden llegar a hacerse realidad.

11
Farándula
1964-1969

Atravesé la Puerta del Sol hacia la calle Postas presumiendo de libro, tan joven y ya tan adentrado en el arduo camino de la sabiduría. También de figura: había dado un estirón y ahora era esbelto y atractivo, y el ser y saberme poeta me daba un aire solitario de extranjero sin patria que era un motivo más de seducción. Ya había tenido dos novias y ahora andaba por la tercera, a la que le escribía poemas tristes de amor, aunque quizá de quien tú estabas enamorado de verdad era de la poesía más que de las novias, y las novias eran solo un pretexto para componer versos. Sí, eras atractivo, y además, desde hacía un par de años, ya casi tres, eras también guitarrista profesional. Estudiante, poeta y guitarrista. Una vez, una de tus enamoradas, que trabajaba en una imprenta, te hizo gratis y por sorpresa para tu cumpleaños cien tarjetas de visita, donde debajo de tu nombre ponía en cursivas doradas: *Poeta. Guitarrista.* Y tú te sentiste orgulloso, feliz, aunque te daba vergüenza enseñarle las tarjetas a nadie, y un día las rompiste en un acto teatral de desesperación romántica, de héroe incomprendido, por miedo a que alguien, tus hermanas por ejemplo, las encontraran y se rieran de ti. Pero ¡qué mentiroso y presumido eres!

Lo de la guitarra fue otro de los tantos azares de que está hecha la vida. Cuando llevaba cinco o seis meses trabajando en la Central, y cuando ya aquel mundo amenazaba con engullirme para siempre (y crecería, y ascendería a oficial, y me casaría, no con la Amada sino con cualquier mujer, elegida también al azar, unas sonrisas tímidas al principio, algunas miradas atrevidas después, encuentros casuales, un no saber qué decir, unas risitas tontas, y luego la costumbre, la consolidación sentimental de las tardes de domingo, de las películas, de los paseos crepusculares, de los bailes lentos a media luz, y después vendrían los hijos y las celebraciones familiares, y el tiempo entonces se iría remansando en un manso fluir sin otro sobresalto que el vago y amargo recuerdo de algo que pudo ser y se quedó en nada, de un sueño que no sobrevivió a los primeros hervores de la juventud), y así las cosas, un día se presentó en Madrid mi primo Paco, al que yo tanto admiraba desde muy niño. Mi primo Paco, el escultor, el pintor, el inventor, el guitarrista, el torero, el zahorí, el cazador y el pescador, el electricista, el mecánico, el que todo lo sabía y todo lo podía, el versado en misterios, el que no se cansaba nunca de soñar y vivir.

Como tantos otros emigrantes, se instaló en nuestra casa, que era la casa de todos, que siempre estaba abierta para los que llegaban del pueblo...

... y ahora de pronto recuerdo que yo siempre creí que nuestra casa era muy grande, de tanta gente como cabía en ella. A veces, además de algún huésped a pensión completa, se juntaban diez o doce emigrantes que iban de paso para Bilbao, para Barcelona, para Alemania, y que se quedaban allí unos días a la espera de algo, de unos papeles o de un tren, o que venían a Madrid y tenían que encontrar una pensión o un piso, y recuerdo que se hacían turnos para comer y que por la noche dormían en cualquier parte cuando ya no cabían en las habitaciones, en la cocina, en el pasillo, en la terraza, y todo lleno de maletas y bultos (esta casa parece una fonda, solía decir mi madre en un tono teatral de protesta), y quizá por eso, cuando supe algo de los tamaños y proporciones de los pisos, me quedé asombrado de que nuestra casa tuviese poco más de setenta metros cuadrados. Los tiempos eran sombríos, es verdad, pero aquella gente no estaba dispuesta a dejarse derrotar por los tiempos. Venían de la servidumbre del secano y la mula y ahora se abría ante ellos un mundo nuevo cargado de promesas. Casi todos eran jóvenes, alegres, con muchas ganas de trabajar y de vivir y muchas cuentas pendientes que ajustar, y no había domingo que no compusiéramos un grupo festivo y bullanguero para ir a disfrutar de la modernidad recién conquistada. Unas veces íbamos al Rastro, otras al Retiro a montar en barca o a la Casa de Fieras, en el buen tiempo a bañarnos al Jarama, y más de una vez hacíamos un chozo con cuatro palos y unas ramas y pasábamos allí la noche, o bien nos acercábamos a una barriada del extrarradio a ver el piso en construcción por el que alguien había pagado ya la entrada y del que solo acaso estaban puestos los cimientos y unas tristes vigas de hormigón, pero que era bastante para imaginarnos con toda suerte de detalles magníficos cómo sería aquello cuando estuviese terminado.

Sí, eran tiempos sombríos, tiempos brutos, de infamia y de ignorancia, pero tiempos irrepetibles y mágicos para quienes no tuvieron otros que vivir. Dentro de todo, no lo pasábamos mal entonces, ¿verdad?, le pregunto a veces a mi madre. Y ella: Claro que no, porque íbamos de peor a mejor, y eso le gusta a todo el mundo. Así es la vida.

No sé por qué cuando se habla de la emigración aparecen siempre el desarraigo y las maletas de cartón piedra amarradas con cuerdas, los trenes de carbón, las caras de miedo de los niños, las lágrimas de las despedidas, y apenas se menciona lo que aquella desbandada hacia las grandes ciudades tuvo de alegre y de liberador.

Y en una de esas oleadas llegó Paco. Con él, la casa se llenó de la más alborotada fantasía. Tenía veintiocho años, y aunque ya era tarde para ser torero, aun así lo intentó, y llegó a tener un apoderado y un contrato a la vista para debutar de novillero en algún pueblo de los alrededores de Madrid, pero luego, entre que se ennovió con mi hermana la mayor, entre que no se fiaba del apoderado (quedaban los domingos por la mañana para hablar de toros y contratos en ciernes mientras tomaban cerveza y raciones de ensaladilla rusa, de callos, de calamares fritos, de gambas al ajillo, y siempre le tocaba pagar a Paco, lo cual daba que pensar), y entre que quizá andaba sobrado de arte pero no tanto de valor, el caso es que un día decidió olvidarse de los toros y sacarse de la manga otra de sus muchas cartas ganadoras. Sería guitarrista profesional. Aunque también era tarde para eso, al menos en ese arte ya llevaba andado un trecho del camino, y el resto lo haría a fuerza de afición y de fe.

Dicho y hecho. Se buscó un maestro, se puso a tocar a destajo y en menos de tres años se sacó el carné de guitarrista profesional. Se examinó para el carné en el teatro de La Latina, una mañana de primavera de 1967, y tocó ante el tribunal unas alegrías y una farruca, y me acuerdo bien de esa fecha y de esos detalles porque también yo me saqué el carné ese mismo día. Aquí lo tengo delante, el carné. Aquí están los colores y las insignias de la Falange en las tapas de cartoné, y dentro pone:

Teatro, Circo y Variedades
Subgrupo: Folklore
Profesión: Guitarrista
Madrid, 22 de mayo de 1967

Y firma el jefe del Sindicato local y otro jefe, y hay tres sellos, y otros datos y números que le dan al carné un aire importancioso, de gran pompa oficial.

No sé si quedará entre las reliquias familiares alguna foto del evento, la caja de la guitarra asentada en el muslo y el mástil muy alto, casi apuntando al cielo, y en el anular de la mano izquierda la gruesa sortija chapada en oro con una piedra de color granate que se compró con las ganancias de su primer contrato. Porque el artista tenía que dejar su traza en todo cuanto hiciera, el modo de saludar al público y de corresponder a los aplausos, de entrar y salir del escenario, de sacar la guitarra del estuche, de limpiarla con una gamuza, todo sin prisas, de sentarse, de colocarla, de mirarse las uñas y darse un toque con la lima, y no quedar contento y volver a la lima, y no digamos ya afinarla, que aquello era el cuento de nunca acabar, o incluso la manera de subir o bajar de un coche, así, con agilidad y un poco de desdén, como es propio de quien está acostumbrado a moverse con la mayor naturalidad en los más refinados ambientes. Y también al principio, mucho antes de tocar con soltura, se compró un par de pecherines blancos, con botones de perlas y muchas chorreras y festones, por el gusto de tenerlos ya listos para cuando llegase la ocasión. Por mi parte, en cuanto pude y me lo merecí, me compré dos trajes hechos a medida, uno azul marino y otro marrón. (Ah, mi traje marrón con rayas blancas, con chaleco, y el pantalón acampanado. Al salir con él ya puesto de la sastrería... No, lo diré de otro modo: que Dios maldiga a todas las muchachas que, debiendo haberse enamorado de mí y de mi traje marrón, pasaron por mi lado sin siquiera mirarme.)

Así que el acto de sacarse el carné fue la culminación de un sueño muy deseado y perseguido. Cuando llegó a Madrid y se enteró de que yo trabajaba de oficinista, se echó las manos a la cabeza, escandalizado ante aquella locura. Pero, primo, ¿cómo vas a ser tú oficinista?, puso el grito en el cielo. Eso es lo último en la vida, estar siempre sentado en una mesa llena de papeles. ¿Es eso a lo que tú aspiras? Dime la verdad, ¿es eso lo que quieres, ir echando barriga sentado siempre ante una mesa?

Y no, yo no quería ser oficinista, ni casarme ni echar barriga sentado ante una mesa, yo quería ser vagabundo y poeta, o marino mercante, o maquinista de tren, cualquier cosa menos oficinista. Entonces, dijo, métete a guitarrista. Déjame ver tus manos: fíjate, son unas manos finas y delgadas, totalmente nuevas, unas manos de artista, y no como las mías, que las tengo ya un poco ceporras de trabajar a lo bruto en el campo. Y cuando poco después renunció a ser torero para dedicarse a la guitarra, enseguida se puso a hacer planes (es decir, a soñar) sobre el futuro espléndido que nos esperaba a los dos de guitarristas. Por una parte yo confiaba ciegamente en él, y por otra era tanta la fe y el ardor que ponía en el relato, y tanta la autoridad romántica de sus palabras, que uno creía en él, y se rendía a su ensalmo, como si se tratara de una repentina conversión religiosa. Nos enrolaríamos en una gran compañía de baile y viajaríamos por todo el mundo, hoy aquí y mañana allí, de hotel en hotel, por tierra, mar y aire, ganaríamos dinero, nos haríamos famosos, saldríamos en la televisión y en los periódicos, aparecerían nuestros nombres y fotos a todo color en los afiches, los aplausos, la gloria, los autógrafos, hablaríamos el lenguaje universal de la música y viviríamos libres y contentos, y hasta es posible que con el tiempo formásemos un dúo, ya veríamos qué nombre artístico nos poníamos, qué oficinas ni oficinas podían compararse con una vida así. Sin nombrarla, detrás de todo ese discurso latía tal vez la vieja obsesión familiar: volver al pueblo en plan triunfador y mirar de tú a tú, y hasta por encima del hombro, a la gente gorda, que al fin y al cabo eran solo campesinos cargados de dinero. Así de fácil era, y no había ninguna razón, salvo la cobardía, para pensar que sus planes fuesen a trastocarse.

¿Y qué iba a hacer yo ante un discurso así? Era lo que en el fondo estaba esperando desde hacía tiempo, un milagro, un golpe de suerte que viniera a rescatarme de mi desdichado mundo laboral. Visto desde hoy, mi primo Paco era Dédalo instruyendo al joven Ícaro para volar y escapar juntos —hacia el sol— del mísero laberinto en que vivíamos cautivos los dos.

Pero ¿cómo vas a dejar ahora la Central, un puesto tan bueno y tan seguro, para dedicarte a la guitarra? En la voz de mi madre había ya sin embargo un tono de rendición ante lo inevitable. Hablaba sin dejar de coser, aunque cosiendo más despacio. Ya sabía yo que ese Paco no tardaría en llenarte la cabeza de pájaros.

Yo intentaba ilusionarla con los mismos argumentos con que Paco me había ilusionado a mí. Y además yo no quiero ser oficinista, yo no he nacido para eso, y le pintaba con tonos grises y voz desencantada el triste porvenir de los oficinistas, lo de la mesa, los papeles, la barriga y demás. Y ella cabeceaba y suspiraba.

Todo eso que me cuentas me lo conozco de memoria. Es la historia que vengo oyendo desde hace muchos años. Te oigo hablar y parece que es tu padre el que habla. Paco y tú sois igualitos que él, y espero que todo esto no acabe como yo ya me sé.

Total que, durante unos meses, compaginé la Central, los estudios y la guitarra, hasta que, de las tres cosas, adelanté tanto en la guitarra y retrocedí tanto en lo demás (en la Central llevaba ya dos apercibimientos oficiales de despido, que yo había firmado con un garabato sin siquiera leerlos, y en cuanto a la academia, un día, sencillamente, dejé de asistir), que cuando la situación se hizo insostenible, mi madre volvió a suspirar y dijo algo que debía de haber dicho muchas veces ya en su vida: Mira, haz lo que más te guste y que sea lo que Dios quiera.

Empezó entonces una época febril que recuerdo como un sueño lleno de humo y de un soniquete que aún sigue invicto en la memoria. Los dos fumábamos mucho, Celtas selectos, un duro el paquete, y nos levantábamos antes del amanecer, nos encerrábamos en una habitación y armábamos allí una enorme zorrera mientras hacíamos escalas, trémolos, rasgueados y arpegios, con una sordina que era un trozo de esponja o de gamuza, horas y horas sin parar, con un tesón y una furia invencibles, seguros de nuestro empeño, poseídos por una pasión que yo no he vuelto a sentir más que en mis mejores momentos de escritura, y así meses y meses, machacando el compás y aprendiendo falsetas, hasta que cuando dominamos los palos básicos comenzamos a merodear por academias de baile y por peñas flamencas, donde aprendimos a acompañar el baile y el cante y donde ganamos nuestros primeros sueldos de artistas, y luego siguieron galas y bolos, y giras estivales con compañías de medio pelo por salas de fiestas de la costa, en aquellos tiempos del turismo, y entonces aparecieron los primeros afiches con nuestros nombres, y clases particulares en invierno, y mal que bien, así fuimos ganándonos la vida durante algunos años y alimentando el sueño de un futuro magnífico que, según nuestros cálculos, o más bien los cálculos de Paco, acabaría llegando, porque él no imaginaba entonces que las cosas pudieran ocurrir de otro modo.

Cada actuación, cada aplauso, cada pequeño logro, era para él un escalón más en el ascenso hacia la gloria, y la confirmación de que el sueño se iba haciendo real. Recuerdo una matiné en el circo Price, acompañando a un intérprete de rumbas muy popular entonces, Santi Castellanos, él delante, de pie, vestido con un traje blanco, moviéndose a ritmo por la pista, y nosotros dos detrás, arropándolo también a ritmo con nuestras figuras, nuestras sonrisas y nuestras guitarras. Recuerdo un solo que hacíamos a dos voces, un zapateado fácil y bonito, con un histérico rasgueado final in crescendo que contagiaba al público y desataba sus aplausos. Recuerdo nuestra primera y quizá única aparición (y de este acto sí que queda una foto, y allí está toda la compañía de baile y allí estamos nosotros, tan guapos y tan jóvenes) en un programa de televisión que supongo que se llamaría *Galas del sábado*, o *Sábado noche*, o cosa así. Pasados los años, me he preguntado muchas veces cómo pudo ocurrir, cómo fue posible, de dónde sacamos la fe y la osadía para emprender aquella aventura tan confusa y fantástica. Quizá fue por la repentina mezcla de tiempos y estilos pasados y modernos, por el poderoso empuje histórico de aquella España sombría y sin embargo ya turística y prometedora, y donde toda esperanza encontraba algún lugar en que arraigar. Porque nuestro toque era más bien menesteroso: rasgueos de compás y, entre medias, alguna variación amena y sencilla, y eso sin contar que nuestro repertorio estaba ya anticuado cuando empezamos a aprenderlo. Tan jóvenes y, sin saberlo, militábamos ya en la decadencia.

Fueron tiempos aquellos de cambios bruscos e imprevistos. Un día escuchamos en la radio a Paco de Lucía. Habíamos oído hablar de él, pero no lo habíamos escuchado hasta ese momento. Creo que nos quedamos mudos por el asombro y la incredulidad, pero también y sobre todo por el terror. Aquello no entraba en nuestros cálculos. De pronto empezamos a sentirnos forasteros en nuestro propio mundo, y como expulsados de un paraíso que había estado allí hasta ayer mismo, y en el que nosotros creíamos habitar con pleno derecho y para siempre. En un momento comprendimos, aunque no nos dijimos nada, que nuestro tiempo había pasado, y más cuando de la noche a la mañana empezaron a surgir jóvenes, niñatos, de un virtuosismo inverosímil, que se comían la guitarra con picados vertiginosos mientras los dedos de la mano izquierda subían y bajaban y trasteaban como diablos desde el principio hasta el final del mástil. Ahora comprendo que aquella aventura fue posible no solo, con ser ya mucho, por el coraje personal, sino también por la singularidad de la época que nos tocó vivir.

Y un día, igual que vino, el sueño se esfumó. Se esfumó. Mi primo Paco, aunque siguió fiel a su designio y no dejó de tocar la guitarra ningún día de su vida con la esperanza cierta de llegar a convertirse en un gran guitarrista, poco a poco se fue alejando del mundo del flamenco. Pero fue sobre todo el amor, el gran embaucador y enemigo declarado de los ímpetus y desafueros de la libertad y de la fantasía, lo que lo empujó a buscar la misma vida segura, gris y barrigona, que tanto había criticado en mí cuando se enteró de que era oficinista. No sé en qué momento empezó a hablar de Torres Quevedo y de Isaac Peral, de lo bonita que es la vida en el campo comparada con la de la ciudad, de lo maliciosa y pancista que solía ser la gente del arte, de que ya no se valoraba la verdadera pureza del flamenco y de que las esencias se habían perdido para siempre.

Luego se casó con mi hermana la mayor y volvieron al pueblo, al secano y a las labores campesinas. Y allí retomó su antigua vocación de inventor para llenar el enorme vacío que había dejado la música en su vida. Siempre, siempre el viejo, el incansable afán.

12
La emoción del viaje
Hacia 1950

El viaje a Zaragoza fue el único de importancia que hizo mi abuelo Luis en toda su vida. Asombra pensar en cómo ha cambiado el mundo en tan poco tiempo y en cómo los viajes, incluso a lugares exóticos y remotos, se han convertido ya en una rutina y un capricho. Quién me iba a decir a mí que iba a viajar tanto, o que mi madre, y sus hermanas, llegarían a viajar también lo suyo. Y eso que yo soy, como casi todos en la familia, poco o nada viajero. Lo fui, y no demasiado, en mi juventud, pero luego enseguida me hice sedentario.

A veces, raramente, escucho de nuevo la vieja llamada del viaje, y siento que debería salir de casa, del barrio, de la ciudad, de mi país, y lo siento con tanto apremio y convicción que me espanto ante la inminencia de mi partida, ante una fuerza superior a mí y contra la que nada puedo hacer. Pero en el último instante, cuando ya estoy listo para partir hacia una agencia de viajes, me digo: ¡Alto ahí! ¿Dónde vas y con qué objeto? Considera que, vayas donde vayas, tarde o temprano habrás de regresar, entrar por esta misma puerta, arrastrando el equipaje, y entonces volverás a encontrarte aquí, justo donde estás ahora, sucio y agotado, y feliz de estar de nuevo en casa. De modo que hago como si ya hubiera vuelto, y me imagino el cansancio del viaje, las comidas a veces indigestas, la inhóspita anchura del mundo, las voces distorsionadas en los megáfonos de los aeropuertos y estaciones de trenes, la nostalgia de la ausencia, la paz acogedora del hogar, y entonces comprendo cuán prudente es la decisión de suspender la partida y quedarme en casa cuando ya me disponía a trasponer la puerta.

Y es curioso. Al cabo de los años, mis mejores viajes, los que recuerdo con más emoción, y los más llenos de aventuras y experiencias, son los que hacía de niño entre el pueblo y el campo. Viajes aquellos comparables en mi corazón a las andanzas míticas de la antigüedad, las de Simbad, las de Odiseo, las de Moisés y su pueblo elegido, las de Marco Polo, las de los príncipes y jóvenes animosos que iban en busca del dragón o el tesoro, o Ahab y la ballena, o los conquistadores y descubridores, o los viajes científicos de Humboldt o de Darwin... Como lector sigo conservando el mismo incansable y gozoso espíritu viajero que alguna vez tuve en la infancia.

Nuestra finca, la que mi padre recibió del abuelo Luis cuando se casó, se llamaba, y se sigue llamando, Valdeborrachos, y dista unos quince kilómetros del pueblo. Aquella distancia entonces era mucha, porque el viaje se hacía casi siempre en caballerías, o en carretas de bueyes o de mulas, y a veces a pie, con la chaqueta al hombro. El camino era de tierra, lento y pedregoso, y se tardaba mucho en llegar de un sitio al otro. Pero lo importante era que el trayecto estaba lleno de aventuras, de portentos, de hallazgos.

Uno no dormía pensando que al día siguiente habría de emprender ese viaje extraordinario. Y cuando se ponía en camino, ah, qué de maravillas nos salían al paso a cada instante. Entre dos piedras una araña había urdido su tela, que con las gotas del rocío prendidas en los hilos brillaba de lejos como la plata viva de los cuentos. Al pasar el vado, una pequeña rana verde se lanzaba al agua y dejaba un surtidor de burbujas sucias de fango manando del lugar donde acababa de esconderse. Esa alondra que con cortos vuelos te toma una y otra vez la delantera en el camino y se posa en el suelo y mueve la cola y el copete y da unos trinos, parece que quiere saludarte, o advertirte de algo. De pronto, el salto y el fogoso pataleo de huida de una liebre encamada. ¡Ahí va, ahí va! Ladrar y correr de perros, gritos y risas de ánimo, la alegría joven, incomparable, del camino.

Cuando se encuentran dos viajeros, a veces se paran a hablar un buen rato, sin prisas, sin agobio. Encienden tabaco y hablan de pie, apoyados en una pierna; al rato, como puestos de acuerdo, se estriban en la otra. Ah, la gracia de los viajeros campesinos: la chaqueta colgada de un hombro, en la cinta del sombrero una espiga, una hebra de hinojo, un aroma de poleo, en la mano una vara de viaje tallada a navaja con caprichos geométricos, un capote de lluvia hecho todo de juncos, unas sandalias cortadas y trenzadas a mano con goma de neumático. Hablan con gravedad, y solo muy de vez en cuando ríen. Nosotros, según la estación, buscamos grillos, nidos, lagartos, alacranes. Les tenemos mucho miedo a las serpientes y a las grandes arañas, y por eso las buscamos con más ahínco que ninguna otra cosa. Luego, continuamos el camino. Allá vamos de nuevo, a veces montados y a veces a pie, adelantándonos, retrasándonos, atentos a todas las maravillas del viaje. Pasábamos ante un cortijo con cantos de gallos, balar de ovejas, ladrar de perros y humo en las chimeneas. ¡Adiós!, ¡adiós!, y nos dábamos con la mano. Luego se cruzaba el puente sobre la rivera, donde estaba el santuario de la Virgen, el puesto de la Guardia Civil, una cantina que era también colmado y donde se vendía de todo, y era un gusto entonces presumir de viajero ante la gente que te veía pasar. Vamos allá, te decían; vamos allá, contestabas tú.

Y había dos momentos inolvidables. Uno, cuando al remontar un alto aparecía a lo lejos, en lo alto de un serrijón y muy bien recortado contra el cielo, el castillo, salpicado alrededor por las manchitas blancas de las casas. Otro, y este era el más emocionante, cuando al ir del pueblo al campo se revolvía una curva (¡Ahora!, ¡ahora!, iba yo diciéndome con los ojos fijos en el camino) y nos encontrábamos de golpe en Valdeborrachos. Hasta entonces el paisaje había sido monótono y callado, y ahora se hacía expresivo y locuaz, y tenía muchas y hermosas cosas que contar.

No había en el mundo lugar más bonito que aquel. Allí, en lo alto de la loma, estaban las dos casas que había hecho con sus manos mi abuelo Luis, el pionero, la casa de vivir y, enfrente, la cocina, las dos presididas por el eucalipto tutelar. El gallinero, hecho de adobe y bálago. El tinado y el horno con su cúpula blanca. Y aquí, por donde iba el camino, la vega que hacía el regato, verde y mullida de buenos pastos, y al fondo las frondosidades —el paraíso terrenal— de la huerta. Una pared antigua de piedra corría alegremente circundándola por completo, y aquí y allá rebosaban las ramas y el follaje de un granado, de un laurel, de una higuera. Aquel camino, que en verano criaba mucho polvo, un polvo fino de color canela, iba a Portugal. Si uno se subía a un alto, o caminaba un kilómetro más, ya podía divisar tierra portuguesa.

Y aunque todas las estaciones tenían su encanto, ninguna podía compararse al verano, aunque solo fuese porque julio y agosto los pasábamos siempre en el campo. Era una época de libertad, casi de impunidad. Los días eran largos, las noches claras, había mucha gente yendo y viniendo por los caminos y veredas, las cuadrillas de segadores se desplegaban con sus camisas blancas y sus grandes sombreros de paja por los trigales amarillos, y uno podía vivir a su albedrío, subirse a los árboles, bañarse en la alberca, cazar ranas y grillos, perseguir perdigones, correr y correr sin cansarse jamás, incluso bajo el sol implacable de la siesta, el joven corazón invencible enamorado de la vida como quizá no volvería a estarlo ya nunca...

Era también en verano cuando pululaba más gente por aquellos lugares fronterizos. Además de los contrabandistas y los guardias civiles, un día por ejemplo aparecía un músico, otro día un vendedor de sardinas, otro día un curandero o un ensalmador que ofrecía sus servicios por la comida y poco más, y otros que se limitaban a ir y a venir, y con ese deambular se ganaban la vida. Unos llegaban andando, otros en burro, otros en bicicleta. Los que venían montados en grandes yeguas y caballos eran los merchantes y los recoveros. Los recoveros compraban huevos, pollos y pavos, pellicas de conejo y cordero, chacina, quesos, legumbres, hortalizas. Los merchantes vendían telas, material de costura, tabaco, mecheros, navajas, botellas de licor, bisutería, relojes, golosinas para los niños. No había cosa menuda que ellos no trajeran en sus alforjas. Y siempre tenían algo que contar, cosas que habían ocurrido en el contorno y noticias del mundo que no habían llegado todavía al campo. Unos hablaban en español, otros en portugués, y la mayoría en una síntesis babélica donde una lengua ponía la letra y la otra la música. Daba gusto escuchar aquella habla cantarina y graciosa, llena de palabras y de giros que unos tomaban de otros y de cuyos orígenes ya nadie se acordaba.

No, no había un lugar más bonito en el mundo. Como mi padre no quería que sus hijos fuesen campesinos y se criasen y embastecieran en aquellas tristes soledades, en cuanto tuvimos edad para ir a la escuela nos instalamos por temporadas en el pueblo, o bien ellos se iban al campo y nos dejaban a nosotros al cuidado del abuelo Luis y la abuela Frasca. Pero mis mejores recuerdos, y creo que lo mismo les pasa a mis hermanas, no pertenecen al pueblo sino al campo, y en definitiva a la naturaleza, tan llena de belleza, de historia, de misterio.

13
Los hijos de los hojalateros
Hacia 1950

Y es que la naturaleza conservaba entonces algo de su magia ancestral. Uno se fue impregnando de esa mentalidad antigua junto con el uso de razón en los interminables coloquios familiares.

Hablaré primero de los coloquios y luego de la magia.

En mi familia todos somos muy habladores, y algunos algo charlatanes, aunque con largas y malhumoradas rachas de silencio. Nos gusta mucho hablar, casi más que vivir. Y siempre les damos mil y mil vueltas a las cosas. Quizá sería bueno comprar un burro joven para la noria, por ejemplo, o un infiernillo de petróleo. Estamos reunidos en torno a la lumbre (en aquellos tiempos apenas existían los espacios privados), y tanto en el campo como en el pueblo, si es de noche, hay encendido un candil, un carburo, una capuchina o un quinqué, porque en el pueblo la única luz eléctrica que hay es la que da el generador de la fábrica de harina —que pasó de inmediato a llamarse la fábrica de la luz— durante dos horas, y que es una luz tan mustia y vacilante que las bombillas apenas se bastan para defender del acoso de las sombras su pobre titilar. Cada cual repite al menos cuatro o cinco veces el mismo argumento, las mismas frases. No sabemos si en el pueblo venderán o no infiernillos, y en cuanto al burro, hay opiniones encontradas sobre el tamaño, el pelaje, la edad, la necesidad de comprarlo, el nombre que se le pondrá. En torno a esas dudas deliberamos sin desmayo, sin el menor indicio de tedio. Quizá, casi seguro, no compremos el infiernillo ni el burro, pero eso no importa, porque lo que nos gusta no es la acción sino las palabras, el hablar por hablar y hacer castillos en el aire.

En mi familia, a los mayores les gustaba sorber la sopa, y hasta el gazpacho, pero la generación que vino después ya no soportaba aquellos sorbetones, y más de una vez se armaban grandes debates sobre la cuestión. Uno decía: ¿Es que no puedes comer sin sorber? Y el otro: ¿Y qué tiene de malo sorber? Parece un asunto somero, pero generó mucha casuística y más de un desencuentro.

A los niños, apenas nos dejan intervenir. Si lo intentas, es muy posible que te digan: ¡Tú cállate, que eres muy nuevo! Y es que allí se está tratando y polemizando sobre asuntos muy serios, los hablantes tienen una gran experiencia, el tono es grave, y a los niños solo nos queda escuchar y aprender.

Pasan las horas, y nosotros seguimos allí, escuchando, conversando y discutiendo interminablemente sobre cualquier nimiedad. Son conversaciones que pueden durar, y casi siempre duran, días y días, retomando, interpretando, detallando, glosando, remachando, y que a veces fraguan en temas clásicos, válidos ya para siempre. Acuérdate de cuando el infiernillo, si quieres te vuelvo a repetir lo que ya dije sobre el burro, se dice, a modo de cita o referencia de autoridad, años después, y otra vez se vuelve a aquella vieja, inagotable cantinela. Hay toda una vasta erudición en torno a los coloquios antiguos y modernos. Por eso ahora, cuando escucho las tertulias de la radio o de la televisión, tan proclives a los círculos viciosos, me acuerdo de nosotros, de aquellas veladas incansables.

La dialéctica nos apasiona. Valga un ejemplo. Mi tío Ignacio y mi tía Santa, hermana de mi padre y padres de mi primo Paco, se pusieron a discutir un día sobre las ventajas e inconvenientes de las lumbres altas y de las lumbres bajas. A mi tío Ignacio lo que más le gustaba en el mundo era sentarse a la lumbre y no levantarse ya en todo el día, siempre con los botines, el traje y el chaleco puestos, y a menudo también con el sombrero. Así, sentado, fumando, sin moverse para otra cosa que para tizonear y echar más leña al fuego, era feliz a su manera. Total, que a él le gustaban las lumbres altas y a mi tía Santa las bajas. Yo creo que los amos de la lumbre eran los hombres, pero él las hacía tan altas y desaforadas que según mi tía Santa un día iba a salir la casa ardiendo. Uno echaba más y más leña y la otra, en cuanto podía, la achicaba con agua.

Aquella y otras discrepancias de ese estilo los fueron distanciando cada vez más, hasta que llegó un momento en que ya no se hablaban, o se hablaban por persona interpuesta: Dile a tu madre esto, dile a tu suegro aquello, dile a tu abuelo lo de más allá, pero el espíritu de la disputa seguía tan vivo como siempre, y a veces hacían una tregua en las hostilidades para volver apasionadamente a ella, cada cual fijo en su opinión. En el curso de esos agravios y desavenencias, por cierto, y como testimonio de ellos, mi tío Ignacio decidió comer aparte de los demás. Su mujer y sus hijos, y los nietos cuando llegaron, comían en la mesa familiar los garbanzos con su tocino y su morcilla, el gazpacho y el queso, y él se ponía en un rincón, sentado en una mesa y un asiento de corcho muy pequeños, tan pequeños que parecían de juguete, y comía siempre cosas ricas, guisos y albóndigas y filetes de borrego, de cerdo, de chivo, de ternera, un pollo, una perdiz, bacalao con tomate. Sentado en su rincón y vuelto hacia la pared, como si estuviera castigado, sacaba la navaja y comía de lo suyo. Y todo desde que llegó un día a casa con la noticia irrefutable de que un médico le había ordenado que comiera solo de lo que le gustara, prescripción que él mantuvo fielmente hasta el fin de sus días. Sus nietos, apenas tuvieron de él uso de razón, le llamaban el Poderoso.

Hay momentos, en esos coloquios sin medida, en que uno piensa: Ya me he muerto, ya nos hemos muerto todos, y esta es la eternidad, estamos no sabemos dónde, si en el infierno o en el paraíso, y este era todo el misterio de ultratumba. ¿Cuánto tiempo llevaremos así, hablando sin descanso alrededor de la lumbre? ¿Siglos quizá? ¿Desde que la familia judía de hojalateros ambulantes de la que descendemos se instaló en el pueblo, allá en el siglo XV? Y hay momentos también en que uno está a punto de levantarse y de escapar de aquella maldición hacia cualquier parte donde poder purificarse con el silencio, pero si aguantas, si resistes, terminas resignándote a la fatalidad de aquella condena, y encontrando de nuevo en ella el sabor gustoso de la vida.

¿Por qué no os calláis ya?, dice mi madre que les decía a veces, exasperada ante aquellas porfías interminables. Y sí, ellos se callaban, pero apenas un instante, porque enseguida alguien tiraba de uno de los muchos cabos que habían quedado sueltos y otra vez se reavivaba la polémica. Y así todos, mis abuelos, mi padre, mis hermanas, mis tíos y mis tías, mis primos y mis primas, todos, y lo mismo entonces que ahora. Aquellos hojalateros llevan cinco siglos hablando y discutiendo sin parar. Luego, a lo mejor de pronto sobreviene un silencio que es ya definitivo, un silencio cargado de pesares y de malos augurios que ya es muy difícil de romper. Eran silencios esforzados donde todos se entregaban a sus cavilaciones, todos pensando y a la vez viendo y sintiendo cómo pensaban los otros, como una orquesta de silencio donde cada intérprete podía percibir vislumbres, ecos, vagos presagios de la música interior de los demás.

En el ambiente pesaba entonces la presencia sombría de una vieja amenaza. En mi familia, como en tantas familias campesinas del sur, había siempre un miedo difuso, primario, no se sabía muy bien a qué.

Miedo a la autoridad, por ejemplo, pero no tanto a la autoridad que se sustenta en las armas y en la violencia como en los papeles. En cualquier momento, por un descuido, por un error, por una denuncia anónima, por un viejo pleito que se cerró en falso, podía llegar una citación que nos atrapara en un enredo judicial. Todos los términos que tenían que ver con la justicia, con las leyes, con la política, con los documentos, se pronunciaban en voz baja y aprensiva. Quizá el analfabetismo, además del trabajo bien hecho de las tiranías en la memoria colectiva, propiciaban esos vagos espantos ante la palabra escrita o hermética.

Pero, si no eran los papeles, nunca faltaban amenazas que venían de camino. Miedo a una tormenta con la parva en la era. Miedo a que se arruine la cosecha de garbanzos por una plaga de gorgojo o de moscas mineras. Miedo a la mucha lluvia, que podía pudrir el trigo en su raíz, a las crecidas de las riveras y regatos. Miedo a los rayos, al granizo, a la sequía, a que los pavos se pongan bravos y vuelen a los tejados y formen allí arriba un gran estropicio de tejas. Miedo a que las ovejas se pongan modorras o a que se les amollezcan las pezuñas. Miedo a los desconocidos, porque quizá (casi seguro) eran portadores de malas noticias o no venían a nada bueno. Miedo a las enfermedades y a los curas. Miedo a que la zorra y el águila se lleven a los pollos. Miedo a que las naranjas salgan amargas. Miedo a que el lobo salte el redil y arme una escabechina de ovejas, a que el merchante les venda el pimentón adulterado y se malogre la matanza.

Y miedo —que era ya pura superstición— a las mudanzas. Las cosas no debían cambiarse. Tenían que ser como habían sido siempre, porque ese era su modo natural de ser. Los usos antiguos eran ley. Si la tinaja del agua estuvo en ese rincón desde el principio, o si los bueyes habían rumiado siempre bajo la misma encina, por algo sería, y ahí tenían que seguir hasta el fin de los tiempos. La antigüedad era sabia, y los cambios solo podían venir para mal. Miedo también a los viajes, a otras costumbres, a otra gente, a otras tierras.

Todos o casi todos los descendientes de los hojalateros hemos crecido bajo el magisterio del temor. Quizá de ahí provenga nuestra incapacidad para ser felices, para entregarnos a un presente que bien sabemos nosotros desde niños que va a dar al futuro, que como no puede ser de otra manera será atroz.

Ya entrada la noche (miedo también a la oscuridad), acabado el coloquio y los largos y orquestados silencios, hecha la lumbre brasas, mi padre daba un golpe con los nudillos en la mesa. Cada mochuelo a su olivo, decía, y soplaba el candil.

14
Mundo mágico
Hacia 1950

Pero a veces los coloquios se hacían alegres y creativos, y adquirían un brillo y un encanto como yo no he conocido otros. Alrededor del fuego, aprendí raros saberes de labios de mis mayores. Ellos tenían un vasto y viejo repertorio de refranes, canciones, adivinanzas, cuentos, leyendas, versos, fábulas, chistes, anécdotas, decires, habladurías, sucesos famosos y verídicos ocurridos desde antiguo en el pueblo o en sus contornos, y uno no se cansaba nunca de escuchar aquellas historias, porque la repetición les daba una pátina que, como a ciertos objetos, las hacía aún más valiosas. Y mientras se contaba, se estaba libre de miedos y amenazas.

Todos sabían contar muy bien, porque todos contaban en el molde en que a ellos les contaron, pero la mejor narradora, y la que más cosas sabía, que parecía un pozo sin fondo, era mi abuela Frasca. Mi abuela Frasca había sido pastora desde la niñez hasta el matrimonio y era totalmente analfabeta, pero dominaba como nadie el arte de contar, y eso se notaba enseguida en el tono, en la línea melódica de la voz, en las pausas, en el movimiento acompasado de las manos, en cómo unía entre sí las frases, que parecía que una atraía como un imán a la siguiente, y lo mismo los episodios, donde uno hacía de larva, otro de crisálida, otro de mariposa, y en el ritmo del relato, ahora lento, ahora rápido, ahora viene una descripción, ahora se crea un suspense que pone en tensión toda la historia, ahora nos ponemos cómicos y ahora trágicos, ahora fingimos que no nos acordamos de un lance crucial del relato, ahora interrumpimos la narración para intercalar una poesía o una canción que vienen muy al caso y de las que de ningún modo se puede prescindir, ahora resulta que en plena aventura el héroe se sienta a la sombra de un níspero a merendar de su fiambrera, y ahí tenemos que seguir esperando a que ella diga exactamente lo que comió y lo que bebió, ahora se da una palmada en la frente porque se ha olvidado de contar algo que era muy importante para el cuento, qué mala memoria va teniendo esta vieja, o de pronto nos preguntaba de qué color era el caballo del héroe o cómo se llamaba un personaje que había aparecido al principio solo de refilón y que ahora iba a cobrar una gran importancia, porque resulta que ella tampoco se acordaba, y sin saber el nombre o el color era imposible seguir adelante con la historia, a ver si entre todos logramos acordarnos...

Nosotros la escuchábamos como suelen escuchar los niños lo que les maravilla, con los ojos ayudando a la oreja a oír y con la oreja ayudando a los ojos a ver. Y así, todo un mundo de fantasía y de palabras malabares vino a poblar mi infancia. Aquellos dichos y relatos fueron los libros que no tuve. Y de entre los narradores, recuerdo también a mi tío Ignacio, el de las lumbres altas y el comer apartado, que tenía muchas cosas que contar, todas verídicas y extraordinarias, pero que nunca acababa de contarlas, porque al rato de ponerse a hablar se paraba, entre impaciente y descorazonado, y decía: Bah, para qué voy a contar nada si total vosotros no lo vais a entender, y ahí concluía la historia. Mi tío Ignacio era muy lacónico, y hablaba en sentencias. Una vez, de joven, visitó unas famosas ruinas romanas que había en la región y volvió asombrado de que las ruinas fuesen, en efecto, solo ruinas, edificios rotos, piedras caídas, trozos descabalados de arcos y columnas, hoyos que un día fueron viviendas... No supo cómo interpretar aquello. Cuando le preguntaron al llegar, y ya para siempre, tras mucho meditar dijo una sola frase: Aquello es un desastre, y de ahí no hubo ya quien lo sacara. Así eran casi todas sus intervenciones, magistrales, breves y rotundas.

Y en la sucesión de esos coloquios fueron llegando también noticias de una naturaleza llena de enigmas y prodigios. No eran leyendas ni caprichos fantásticos sino hechos fundamentados en la realidad y avalados por la experiencia de muchas generaciones. Cosas que venían de muy antiguo. ¿Cómo se hizo el universo, cómo se creó la vida? ¿Cómo vino por ejemplo el ratón a parar a este mundo? Porque nos gustaba también encarar esos temas sublimes. Nuestra audacia oratoria se atrevía con todo, aunque solo fuese para sentir el delicioso miedo a lo insondable. De lo único que no se hablaba nunca era de Dios, ni para bien ni para mal. Dios era cosa de la gente gorda y nosotros no teníamos nada que ver con Él. Pero, con Dios o sin Dios, el mundo estaba lleno de misterios. Se hablaba de la exactitud de los astros y de las estrellas, de la diversidad de los animales y las plantas, del secreto orden del sol y de las lluvias, de mares y de tierras, de cómo lo que hoy se agosta reverdece mañana para volver de nuevo a marchitarse, de cómo nacemos y morimos y cómo al día sigue la noche, y así siempre, y al decir *siempre* nos quedábamos callados y extáticos ante la idea inabarcable de un tiempo infinito, sin principio ni fin.

Daba miedo pensar en esas cosas. Si tú dejabas un pelo de vaca en el charco de lluvia formado en la pisada de la vaca, a los quince días el pelo se había transformado en un ser vivo, una pequeña y delgada culebra del tamaño del pelo. No eran supersticiones ni artificios de brujos, no, eso lo habían visto con sus propios ojos mi tía Santa y mi primo Paco (mi tío Ignacio no quiso nunca participar en el experimento porque era muy perezoso para moverse y prefería quedarse junto a la lumbre, pero atestiguaba el prodigio con la autoridad que le otorgaba su sabio laconismo). El que no lo creyera, que hiciese la prueba y se convenciera por sí mismo.

¿Y la víbora? Eso también lo habían visto muchos, no se iban a poner todos de acuerdo en la misma mentira. La víbora, cuando va a beber, deja antes el veneno a buen recaudo en una piedra limpia para que no se le mezcle y se le rebaje con el agua, y después de beber vuelve a la piedra y recoge su veneno. Pero si entretanto tú vas y le pisas y le estropeas el veneno, ella entonces se pone rabiosa, enloquece, y se da de latigazos contra el suelo, y se retuerce, echando espuma por la boca, hasta que se le parte el espinazo y se acaba muriendo. Y todo porque, sin su veneno, a la víbora no le sale a cuenta vivir. No le sale a cuenta. O, por ejemplo, el toro bravo. Si lo atas a la sombra de una higuera, en pocos días se vuelve manso como un perro. Y el que planta un laurel, muere joven, eso también está demostrado desde antiguo. Como también es un hecho que en el campo las noticias se difunden con mucha rapidez. Todo se sabe en el momento. Por ejemplo, si se produce alguna novedad, el grillo y el pájaro carpintero la trasmiten por telégrafo a un viejo búho, que tiene su casa y su oficina en un olivo, y que con un parpadeo que le coge toda la cara se da por avisado, y con sus gritos pasa la información a un tejón que acaba de abandonar su cubil, o a una liebre que va ya con retardo a su casa. Los animales, entre ellos, tienen también sus coloquios, sus secreteos y cambalaches.

Sí, el mundo era todo él un misterio. ¿Por qué se destronan los gallos?, ¿por qué las hormigas saben de las tormentas y los caballos de los terremotos? ¿Por qué la ortiga no te pica si no le tienes miedo? Y eso por no hablar de los lobos. El lobo, solo con la mirada, ya hace daño. Fulmina, sentenciaba tío Ignacio. Hay quien se queda mudo, o tonto, o se echa a llorar, o le entra fiebre de repente. El lobo era cruel, maléfico, y por eso se llamaba lobo, igual que el zorro, por su astucia, se llamaba zorro. La condición y cualidades de las cosas venían pregonadas ya en los nombres. Un día un acordeonista portugués vino a amenizar un baile en un cortijo del lado español, y al regresar de noche un lobo con los ojos de lumbre empezó a seguir sus pasos, cada más cerca, y los dos ojos fueron luego cuatro, y con el miedo de lo irreparable dio un tropezón y el acordeón sonó y los lobos se pararon al pronto como admirados o asustados por la música, de modo que ya todo el trayecto, unos veinte kilómetros, los hizo tocando fuerte el acordeón, su repertorio entero de piezas bailables tristes y festivas, lentas y movidas, mientras subía cabezos y bajaba cañadas, con los lobos detrás, siguiéndolo de cerca pero sin atreverse nunca a acometerlo.

Una vez, siendo yo muy niño, tuve fiebres tercianas, y entonces mi abuelo Luis atrapó un lagarto y lo correteó por la era hasta dejarlo exhausto, y acto seguido lo partió en dos con su navaja y me frotó el pecho y la espalda con su sangre caliente y espumosa, me dio una buena friega y luego me arropó bien y al día siguiente me desperté ya curado del todo.

Pero eso, ¿lo viste tú?, le preguntaba de niño a mi madre.

Claro que lo vi. Tú estabas muy enfermo y yo era tu madre, ¿cómo no lo iba a ver?

¿Y estuve a punto de morirme?

No lo sé, pero en aquellos tiempos la gente se moría de esas fiebres.

Y yo me imaginaba a mí mismo muerto, metido en una pequeña caja blanca y con muchas flores también blancas alrededor. Y siempre que me contaba ese episodio, me contaba otro aún más extraordinario.

Durante la guerra, iba con una amiga, cada una montada en su burro, y al pasar unas junqueras junto a un arroyo se levantó una nube de pequeñas mariposas blancas, y la amiga dijo muy contenta: Voy a recibir carta de mi novio. Y, en efecto, ese mismo día recibió la carta, pero no la que esperaba sino la del comandante del batallón donde le comunicaba oficialmente la muerte de su novio.

Y después de cada historia se hacía un silencio donde los misterios de la ficción eran aún más inquietantes porque ahora pertenecían de pleno derecho a los dominios de la realidad. El corazón de la doncella que oye acercarse los pasos del malvado palpitaba con la misma ansiedad que el tuyo, y la mano del sacamantecas estaba a punto de rozarte la piel ya erizada de espanto.

Entretanto, había anochecido del todo. Sobre las ruinas del día se iba haciendo la noche. Primero era el escándalo de los pájaros en el eucalipto y en los naranjos de la huerta, ladridos de perros en majadas lejanas, la pálida luz anaranjada que antes de apagarse se enardecía de pronto con un último esplendor espectral. Y según se extinguían los ruidos y las luces se iba haciendo el silencio, cada vez más y más profundo, hasta que solo quedaba el aire entre las hojas, y luego ya no se oía nada, y también la oscuridad en el campo era total. Se producía entonces un momento de tregua en el infatigable trajín de la vida, y uno contenía la respiración ante aquel portento único en que el mundo parecía volver a los instantes iniciales de su creación. Una tregua breve, porque enseguida (y yo esperaba ese momento con todos los sentidos alerta) cantaba el sapo, una sola nota todavía indecisa, como interrogando al silencio, y luego otra más larga, y aquella era la señal para que empezara el concierto nocturno, y con él de nuevo el feroz tumulto de la vida.

Junto al fuego, ajeno a todo cuanto no fuese su propio mundo, dormía su majestad el gato. En el silencio se oía su ronroneo gustoso. El gato tenía asignado un lugar junto al fuego, del mismo modo que disponía en las puertas de gateras para entrar y salir según sus conveniencias. También tenía derecho a su escudilla de cocido. Cuando mi madre (tal como hizo antes la suya) medía los garbanzos para el día siguiente, iba diciendo: Este puñado para ti, estos para tus hermanas, este para tu padre, este para Fulano, y el último puñado, más pequeño, era siempre para el gato. Y lo mismo con el tocino y la morcilla.

El mundo campesino de entonces era a menudo bruto y zafio, y era mucho el trabajo, mucha la miseria, mucha la servidumbre, pero también tenía los refinamientos propios de una cultura milenaria. Entre unos y otros sabían hacer primores con el barro, con el cáñamo, con el esparto, con el mimbre, con el corcho, con las cañas, con las juncias y juncos, con la madera, la piedra y la pizarra. Con mimbres finos hacían unos garlitos que tenían un empaque de catedral y que parecían pensados para pescar salmones y merluzas y no los humildes peces de la rivera o del regato, que así y todo tenían también sus nombres bonitos y exactos: jaramugos, burdallos, cachos, colmillejas.

O tu abuelo Luis, por ejemplo, que era un hombre valiente, pero también rudo y cruel (he ahí una virtud que necesitaba de dos vicios para manifestarse), que trataba a los animales de tú a tú, sin otra ley que la del más fuerte, que mató lobos con su escopeta de un solo caño, pero que daba gusto verlo cuando se ponía a recargar sus cartuchos trabajando sin prisas, con el cigarro en la boca (la exactitud en la colocación de los pistones, la pólvora bien medida, los granos de plomo bien contados, el cuidado con que recortaba los topes de cartón o remoldeaba al final la boca del cartucho), o la maña con que frotaba las palmas de las manos desmenuzando las hojas del tabaco que él mismo había plantado y cosechado, como también se procuraba su pedernal para chiscar el eslabón y encender el cigarro, sus almendras amargas para la artrosis, sus hurones de caza, su vino y su aguardiente, su carne y sus peces, su pan. Por tener y procurar, hasta tenía su lápida ya lista, comprada de ocasión, con todos los datos grabados y a falta solo de la fecha final. Yo jugué muchas veces junto a la lápida de pizarra, que la guardaba en el corral de su casa a la sombra de un árbol del paraíso. A su sombra dormía también un gato, que en primavera se despertaba alucinado por el olor de las flores y se ponía a hacer cabriolas y a ejecutar raros pasos de danza.

Finuras campesinas eran también los laberintos de tablares por donde discurría el agua en los sembrados de la huerta, el arte de tirar y esparcir los puñados de semillas en la tierra recién labrada, de aventar la parva con la horca, de uncir los bueyes al yugo, de enjaezar una mula, de levantar un chozo con unos cuantos palos y unas brazadas de paja de centeno, de hacerse un pito para chiflar una canción con el tallo hueco de una hierba silvestre. Mi tío Ignacio tenía un pastor portugués que afinaba con una lima las esquilas para que el rebaño hiciese buena música.

Junto al gato, dormía un perrillo que también tenía derecho al fuego. Era un perro de careo para cuidar y vigilar a las gallinas y arbitrar pequeños conflictos de convivencia en los alrededores de la casa. A veces una gallina daba un vuelo y entraba en la huerta. De inmediato salía el perrillo a todo correr, saltaba la pared y la obligaba a volar de nuevo al otro lado. Esa era una de sus misiones. Otra consistía en avistar águilas. Cuando avistaba una, se ponía a ladrar y a perseguir su vuelo hasta que conseguía ahuyentarla. Luego estornudaba, hacía la rosca y se tumbaba otra vez a la sombra del eucalipto y emitía un gruñido ronco que parecía decir: Je, a mí con esas.

A mí me gustaba abrir el gallinero por la mañana y darles larga a los animales, que ya esperaban impacientes, alborotando con sus cantos. Salían amontonados y en tropel, unos por encima de otros, y enseguida se dispersaban por el campo buscándose la vida. Solo los pavos permanecían juntos y pendencieros, aguerridos, siempre buscando camorra, con el plumaje en pompa y arrastrando el ala por el suelo, haciéndose la rueda unos a otros, o en solitario, por puro lucimiento. Así les va en la vida. Cuando dos pavos se ponían a reñir, ya se pasaban todo el día riñendo, y a la mañana siguiente, con la primera luz, reanudaban las hostilidades. Podían estar así varios días, porque hasta donde les durase la memoria les duraban también las afrentas. Hechos un Cristo, la cabeza convertida en un amasijo sanguinolento, allá seguían peleándose sin descanso. Como nuestros coloquios, sus rencillas eran también interminables.

En verano, las gallinas y los pavos dormían al fresco en las ramas de un enorme alcornoque. Se les ponía una escalera rudimentaria hecha con palos y ellos subían, un saltito a dos patas por cada peldaño, y se acomodaban en las ramas. Cuando habían subido todos, se retiraba la escalera y quedaban a salvo. Sin embargo, a veces en plena noche comparecía la zorra, se situaba bajo el alcornoque y se ponía a chascar los dientes y a mover el rabo de un modo vistoso, y como a los pavos les gusta mucho averiguarlo todo, al oír el ruido, y aún más al entrever aquella cosa moviéndose abajo, no podían resistir la curiosidad y de vez en cuando alguno se lanzaba al vacío. Por eso era un gusto salir con los pavos de pastoría. En cuanto encontraban algo que les llamaba la atención —un nido, un zapato viejo, un hueso, un trozo de trapo o de lata—, se ponían todos alrededor cantando como locos. Pau, pau, hacían. Uno, de pavero, siempre encontraba muchas cosas curiosas.

La vida campestre estaba llena de curiosidades e imprevistos. Un día apareció una cigüeña en el gallinero, cosa digna de ver. Se había dañado un ala, sus compañeros habían migrado y ella, deambulando a pie en busca de cobijo, se encontró con el gallinero y debió de pensar: Aquí me quedo. Las gallinas, los pavos, los patos y los gansos, el perrillo, sin la menor extrañeza ni reparo, la aceptaron como a uno más. Allí pasó el invierno, haciendo vida doméstica, acudiendo dócilmente cada tarde a comer su salvado, su grano y su verdura, hasta que un día de primavera levantó el vuelo y desapareció.

Esas cosas extraordinarias solo podían ocurrir en el campo. En el pueblo la vida era más cómoda, sí, pero también más consabida y más vulgar. Y sin embargo, a pesar de tantas maravillas, a la gente no le gustaba vivir y trabajar en el campo. A la gente le gustaba el pueblo, y a ser posible trabajar bajo techado. Más tarde comprendí que los campesinos, como también les ocurre a los niños, no saben lo que es la belleza campestre. Donde otros ven un paisaje, ellos solo ven un sembrado, una dehesa, un erial bueno para cabras, un cerro o un barbecho. No se han parado a contemplar la naturaleza, sino que viven revueltos, confundidos con ella. Recuerdo mi estupor y mi alegría cuando leí en los libros de texto los primeros fragmentos literarios donde se describía la belleza del campo, y las ganas locas que sentí de ver a mis padres y a mis abuelos y a mis tíos y a mis primos mayores para contarles lo bonita que era la naturaleza, sus muchos colores y tonalidades, el horizonte, el canto de los pájaros al amanecer, la paz y el silencio, el rumor del arroyo.

Ahora sé que se hubieran reído de mí, del mismo modo que ahora, cuando recuerdo los campos de mi niñez, por encima de la belleza, se me revela ante todo un paisaje hecho de historia; es decir, de tiempo y de dolor.

15
Una mano amiga sobre el hombro
1969

Cuando mi primo Paco y mi hermana la mayor se casaron y se volvieron al pueblo, yo me quedé huérfano de ilusión y descubrí enseguida que no quería ser guitarrista ni andar en el mundo de la farándula. Yo solo quería ser poeta y estudiante. De pronto me entraron unas ganas locas de estudiar, de saber.

Mi madre volvió a suspirar ante lo irremediable. Ya se había liquidado el taller de punto y ahora hacía trajes de novia. Se pasaba el día entero y gran parte de la noche ante la máquina de coser, y a veces cuando me despertaba a las 2 o a las 3 de la mañana yo escuchaba, lleno de culpa y de ternura, el trajín de la máquina, siempre incansable y siempre sigiloso.

Así que ahora, que ya sabes tocar la guitarra, resulta que tampoco te gusta y que lo que quieres es volver a los libros. Eres como tu padre, que empezaba muchas cosas y no acababa nada porque enseguida se cansaba de todo. En fin, que sea lo que Dios quiera.

Y lo que Dios quiso fue que, aunque seguí tocando profesionalmente para ganar algo de dinero, retomé los estudios, tras cambiar las Ciencias por las Letras, de forma que ahora yo era estudiante entre los flamencos y guitarrista entre los estudiantes, y en eso estaba cuando aquel día de febrero o marzo de 1969 atravesé la Puerta del Sol luciendo *El criterio,* de Balmes, recién comprado, sin sospechar que algo importante —otro de esos momentos estelares— estaba a punto de ocurrir en mi vida.

La academia nocturna, como todas las academias nocturnas que conocí, estaba en un piso interior oscuro y laberíntico. Las aulas daban a lúgubres patios de vecindad, y no era raro que la vida académica alternase con escenas íntimas de familia, una madre dándole la papilla a su bebé mientras le decía mimoserías que se entreveraban con las frases de un profesor en trance magistral, altercados conyugales, escenas amorosas de sofá, gente cenando, un padre de familia cortándose viciosamente las uñas de los pies. A veces, el dueño de la academia, y su familia, vivían también allí, en habitaciones privadas que, si uno abría por error, podían ofrecer recónditas estampas de la vida hogareña, y yo recuerdo haber visto, por ejemplo, cómo una profesora de latín ya casi matrona, que un rato antes nos había dado clase vestida con sobrias prendas asexuadas e investida de la más grave autoridad, ahora se volvía indefensa y con un pronto anheloso de turbación al verse sorprendida ante el espejo de cuerpo entero en actitud voluptuosa y en deshabillé.

Todo invitaba en aquellos antros mal iluminados y peor ventilados al devaneo y al sueño. Esa es la imagen, y la atmósfera, que mejor definen y esclarecen en mi memoria no solo a las academias nocturnas, sino también a la España de entonces.

Entré en el aula y dejé ostentosamente sobre el pupitre *El criterio,* de Balmes. Teníamos clase de literatura con un profesor bajito y regordete, con bigote y dientes de conejo, que se llamaba, cómo podría olvidarlo, Gregorio Manuel Guerrero. Ya alguna vez me había devuelto un examen con una nota al margen donde me decía que escribía bien, pero que debía esmerarme en escribir mucho mejor. Sin duda, había detectado mi secreta pasión literaria. Fue mi primer elogio de escritor, ese dulce veneno adictivo del que uno ya nunca se desengancha totalmente. Un día, animado por sus palabras, le dejé algunos de mis poemas. Me los devolvió con comentarios alentadores pero ambiguos, de modo que me quedé sin saber lo que pensaba realmente de ellos.

Era un hombre elegante en todo, en su manera de vestir —trajes impecables o conjuntos formales muy bien armonizados, zapatos relucientes, corbata, pañuelito de adorno en la chaqueta—, de moverse, de hablar, de escuchar, de tratarnos, y sobre todo —y ahí es donde más resplandecía su inteligencia, que era mucha— en el sabio manejo y dosificación de la ironía y de los silencios. O, si se quiere, en el arte de sugerir, de acompañarnos en la comprensión de las cosas no hasta el final, sino únicamente hasta el punto en el que ya nosotros podíamos hacer solos y por nuestra cuenta el resto del camino. Él nos enseñó a comprender sin preguntar demasiado, y evitando siempre las obviedades.

Fue el primer intelectual, en el sentido pleno de la palabra, que conocí, y el mejor profesor que haya tenido nunca. Y no tanto por la trasmisión de sus conocimientos, que eran también extensos y a la vez matizados, como por su persona, por su ejemplo viviente. Según se rumoreaba entonces y pude confirmar muchos años después, era dueño de varias cafeterías importantes de Madrid, y si daba clases de literatura y de historia era solo por pura y gustosa vocación de enseñar. Y también él tenía una pasión secreta: la lexicología. Veinte años más tarde, averigüé su dirección, lo llamé por teléfono y me invitó a visitarlo en su casa. Me enseñó entonces los archivos de toda su vida. Miles y miles de fichas escritas a mano con una letra aplicada y menuda donde iba anotando los avatares históricos de muchas palabras después de rebuscar en periódicos y obras menores, la mayoría de ellas olvidadas, del siglo XIX.

Nada más entrar, se dirigió al pupitre y tomó el libro con unción en sus manos. Lo estuvo mirando mucho tiempo. Tanto, que yo empecé a sospechar que algo allí no iba del todo bien. ¿Por qué no me decía nada? ¿Es que acaso no era Balmes un gran filósofo, comparable a Aristóteles, a Descartes, a Kant y a los más grandes de la historia? Finalmente dejó el libro sobre el pupitre, sonrió levemente con su bonita sonrisa de conejo, fue hasta el estrado y se puso a dar clase. Y nunca, ni ese día ni nunca, me dijo nada sobre Balmes.

Pero un tiempo después, días o semanas, no sé de qué manera, me lo encontré en la calle, cerca de la academia, y me invitó a tomar un café. No recuerdo la conversación pero sí sé que la fue llevando hasta donde él quería llegar. En un momento dado, y puesto que yo quería ser escritor, me preguntó por mis lecturas, por mis autores y libros favoritos. Le hablé con orgullo de mis poetas, que era donde yo me sentía fuerte, Bécquer, Juan Ramón, Antonio Machado, Lorca, Tagore, Neruda..., aunque por instinto no mencioné *Las mil mejores poesías de la lengua castellana.* Él asentía, muy serio, aunque con su bigote y sus dientes saltones parecía siempre que se reservaba para sí una leve sonrisa.

Acto seguido, como yo bien temía, del verso pasamos a la prosa. Y ahí me sentí avergonzado, sin saber qué decir.

Mi memoria de lector de prosa estaba llena de novelas baratas de quiosco y de unos cuantos best sellers de la época, con solo algunas excepciones de las que no era muy consciente. Puesto que no tenía nada fiable que contar, hablé del *Quijote.* El *Quijote* era uno de los pocos libros que me había comprado, y no por el texto sino por los grabados de Doré. Yo leí antes el Quijote de Doré que el de Cervantes —era el texto el que ilustraba los grabados, no al revés—, y esa lectura hecha imagen se quedó tan arraigada en mi memoria que aún hoy, cuando leo el Quijote, no puedo, ni quiero, evitar las interferencias de aquella primera lectura juvenil. El libro me costó 400 pesetas (lo cual era mucho para entonces), que ahorré con mis primeros trabajos de guitarrista. Me pasaba seis, siete, ocho horas diarias, a 25 pesetas la hora, en una academia de baile, acompañando siempre lo mismo, una y mil veces, sevillanas, soleares, alegrías, guajiras, y al regresar a casa veía el libro abierto en la vitrina de una pequeña mercería (qué hacía un libro allí, entre bobinas de hilo, tijeras, botones y demás, no lo sé, pero no me extrañaba mucho, porque la época invitaba a esas anomalías), y me fui enamorando de él, hasta que al fin me lo compré.

Lo leí antológicamente, guiado por los grabados, y creo que más o menos con la misma inocencia y desenfado que en los tiempos en que el Quijote no era tan fiero como después nos lo pintaron.

Muy educadamente, mi profesor cambió de conversación, pero a partir de ese día me fue dejando algunos libros, así, como quien no quiere la cosa. Mira, hace poco me compré este libro, que aún no he tenido tiempo de leer. Ve leyéndolo tú, a ver qué te parece. Y a lo mejor ese libro eran unos cuentos de Borges, una sonata de Valle-Inclán, una novelita de García Márquez, algo de Melville o de Kafka. O me recomendaba, y me hacía apuntarlos, libros y autores de los que yo nunca había oído hablar. Y con aquellos libros, que yo leía línea a línea en un estado febril de estupor, enseguida se hizo la luz, y las piezas caóticas de mi formación literaria adquirieron un orden y un sentido, y se consolidó para siempre mi vocación irrenunciable de escritor.

Fue por entonces, o poco después, cuando conocí la palabra *canon,* y me rendí de inmediato a su claro y enérgico significado cultural: aquellos libros escogidos de una vez para siempre por la tradición, por la autoridad universitaria, por el buen gusto de los mejores, por el escrutinio implacable —y no siempre justo— que hace el tiempo, y en ese momento vi con claridad lo que había sido mi vida hasta entonces. Tenía veintiún años y estaba completamente descanonizado, y mi profesor había asumido, sin decirlo, casi sin hacerse notar, la responsabilidad de guiarme, de sugerirme, de echarme una mano por el hombro y cambiar suavemente el rumbo de mi marcha y acompañarme un trecho por el buen camino de la literatura y el saber.

Aquel verano de 1969, el año de mi canonización, comencé uno de los festines literarios más ávidos y pródigos que pueda imaginarse. Estuve un mes en Sitges, tocando cada noche la guitarra en una sala de fiestas para turistas, pero el resto del tiempo me lo pasaba leyendo y releyendo, con una voracidad insaciable, y como cada libro me llevaba a otro libro, y cada pasadizo se bifurcaba en otros muchos, y aquello parecía no tener fin, yo vivía felizmente extraviado en ese laberinto, con la esperanza de no salir jamás de él.

Luego, ese mismo verano, estuve tres semanas en Moscú, en el Festival Internacional del Cine, con un pequeño cuadro flamenco —bailaor y bailaora, cantaor y guitarrista— cuya única misión consistía en amenizar la fiesta que la delegación española ofrecía a las demás. Tres semanas para solo una hora escasa de trabajo. Yo me pasaba los días encerrado en la habitación del hotel, leyendo y releyendo (porque había frases, párrafos, escenas, que no acababa nunca de saborear), ajeno a toda realidad que no fuese la de las palabras.

El día de la fiesta, después de la actuación, un grupo de compatriotas de medio pelo nos hicimos fuertes en un rincón y comenzamos a beber más de la cuenta. En una de esas, alguien dijo: ¿Alguien se atreve a sacar a bailar a Sarita Montiel? Sara Montiel —que iba muy en plan estrella— y otros artistas famosos del cine formaban la parte ilustre de nuestra delegación. Yo estaba entonces leyendo *Rojo y negro* y me sentía totalmente identificado con Julien Sorel. Quizá él sí se atreviera, pensé, o al menos se obligaría a atreverse para no tener que cargar luego con la vergüenza de su cobardía. Por un momento estuve al borde de la temeridad, por no ser menos, pero al final nadie en el grupo se atrevió, y así quedó la cosa.

Sin embargo, en mi imaginación yo me vi trasmutado en Julien Sorel, y me sentí audaz ante Sara Montiel como él ante Madame de Rênal. No seré yo menos, pensé. ¡Allá voy!, dije, y me levanté, y con mi precioso traje marrón y mi pecherín de perlas y chorreras crucé el enorme salón lleno de celebridades —allí estaban, entre otros muchos, Marcello Mastroianni, Virna Lisi, Julie Christie, Alain Delon—, caminando entre la gente gorda en alas de mi viejo complejo de clase hacia donde me esperaba la mujer más rica del lugar, que era también la más hermosa, etcétera, etcétera, y me acerqué a Sara Montiel y, con una reverencia, la saqué a bailar, y ella me despidió con apenas un gesto de fastidio. Y yo me quedé allí, expuesto al ridículo, toda la gente gorda mirándome con odiosa piedad, y al darme la vuelta para volver a mi sitio, al que me correspondía, vi al otro lado del salón a Sofia Loren, ella misma en persona, porque es verdad que estaba allí rodando *Los girasoles,* y sin pensarlo fui hasta ella y, esta vez sin reverencia, la saqué a bailar y ella aceptó, y aunque yo no sé bailar, bailamos gentilmente bajo las lámparas cenitales, dando vueltas y vueltas entre las exclamaciones de asombro, de admiración, de complicidad, de la concurrencia...

Y mi invención me pareció tan lógica, tan ajustada a las circunstancias reales, que cuando regresé a Madrid me sentí alegremente autorizado a hacer ese añadido imaginario y a contar a quien quisiera oírlo que yo había bailado en Moscú con Sofia Loren. Y lo hacía con tan buena voluntad, y con detalles tan precisos, que a veces la versión ficticia me parecía, y hasta me sigue pareciendo, más verosímil, y desde luego más justa con Sorel y conmigo, que el suceso real. Un oscuro mundo de inciertas verdades, de verdades intermedias, apuntaba en mi alma.

Solo mis hermanas, apenas comencé a contar la historia, me interrumpieron de una vez por todas: Pero ¡qué mentiroso y presumido eres! Y mi madre, en un tono neutro de voz: Ya desde chico era muy mentiroso.

Y sí, aquel fue el año inolvidable de mi canonización.

16
Vidas oscuras
1925-1940

Ayer, 16 de enero de 2014, mi madre me dijo: Tu padre podía vivir perfectamente todavía.

Mi madre vive en el piso de siempre, el que compró mi padre cuando vinimos a Madrid. Pero ahora vive sola, y a mí se me hacen raros esta soledad y este silencio en un lugar que estuvo siempre tan lleno de gente y de bullicio. A mi madre, sin embargo, le agrada tanto la soledad de ahora como el trajín de ayer. Vengan bien o mal dadas, de un modo o de otro, a mi madre siempre le ha gustado la vida. Fuera de algún enojo momentáneo, jamás la he visto enfadada ni abatida por las adversidades. Yo no sé de dónde ha sacado esta gente, esta generación infortunada, su temple y su entereza. Una generación, casi dos, que sufrieron la guerra y la posguerra, que vieron truncados sus proyectos de vida en plena juventud, que trabajaron como mulas y lo sacrificaron todo para que sus hijos corrieran mejor suerte que ellos y cuya obra, no sé si humilde o grande, es esa, el bienestar de los suyos: esa fue la causa por la que lucharon, y esa su recompensa. Fueron vidas oscuras, anónimas, de las que ya casi nadie quiere acordarse, aunque fuese al menos para agradecerles los servicios prestados.

Bueno, dije yo, él nació en febrero de 1914.

Y qué.

No, nada, que el mes que viene hubiese cumplido cien años.

Mi madre pasó por alto la objeción.

Era tres años mayor que yo, y todavía podía vivir, ¿por qué no? Estaría orgulloso de vosotros, de lo bien que os habéis situado todos. Vosotros fuisteis su pasión. Bien o mal hecho, todo lo que hizo lo hizo por vuestro bien.

Se sienta en un butacón de mimbre y mira a la calle por donde hace muchos años pasaban tranvías azules y rebaños de ovejas.

¿Te acuerdas?

No me voy a acordar. También pasaban los basureros tocando la corneta en carros tirados por burros.

Luego, como siempre, nos pusimos a darle vueltas al pasado, a las pequeñas cosas del pasado. Años y años después, seguimos rebuscando en él, intentando descubrir algo nuevo, algún mínimo resto del naufragio. A menudo pienso en las muchas biografías que he leído sobre personajes más o menos ilustres. Biografías a veces noveladas, y no por eso menos verídicas, y a veces rigurosas y monumentales, donde se logra reconstruir con gran minucia hasta los años más recónditos de una vida, y se rescata así lo que parecía condenado sin remedio al olvido. Y sin embargo, tantos datos como atesoramos de políticos, militares, escritores, filósofos, científicos, profetas y magnates, y a veces apenas sabemos nada, ni nos preocupamos por saberlo, quizá porque las damos por sabidas, de las personas que tenemos cerca, y a las que queremos, y que un día, cuando mueren y transcurren los años, y cuando ya es tarde para remendar los rotos del olvido, descubrimos con pena y estupor que no conocemos casi nada de ellas, y entonces nos preguntamos por qué no indagamos más en sus vidas cuando aún era tiempo de hacerlo, y no solo por nosotros, sino también por las generaciones venideras. Ah, lo que yo daría por tener una buena biografía de mi padre, y no digamos de la historia completa de los hojalateros y su descendencia.

Por eso, ahora que puedo, interrogo exhaustivamente a mi madre sobre el pasado. Van quedando muy pocos de su generación, y pronto no habrá nadie a quien preguntar sobre aquellas vidas anónimas y humildes, y a punto ya de extinguirse del todo en la memoria colectiva. Me gusta mucho conversar con mi madre, escucharla. Da gusto oírla hablar. Habla de un modo natural y sencillo, con la viveza y el vigor del antiguo lenguaje oral, el que ella oyó de niña, y que sería más o menos el mismo que aprendieron su madre y su abuela de otras generaciones anteriores. Hablo mucho con ella, y sin embargo apenas sé nada de su infancia y de su juventud. Le pregunto y le pregunto, un año tras otro, pero ella no me cuenta. No porque no se acuerde o no quiera contarlo, sino porque su vida no le parece interesante.

Pero si no hay nada que contar, me dice.

Y quizá sea así. Quizá, en general, haya poco que contar acerca de la vida, tan monótona casi siempre, y por eso existen y nos gustan tanto las novelas y las películas, donde los años, aligerados de su carga de tedio y reducidos a lo esencial, se organizan armónicamente en torno a un argumento con su principio, su desarrollo y su final trágico o feliz. Y nos parecen reales, o al menos verosímiles, porque nuestras vidas, vagamente, se parecen a esas historias completas y cerradas. (El caso de mi padre, dicho sea entre paréntesis, es aún más singular, porque la suya fue una vida trágica sin argumento, sin historia, sin otra cosa que la tristeza de desear en vano, que es tanto como decir que la pura tristeza de existir.)

Lo único que he llegado a saber de los años oscuros de mi madre, son unas pocas anécdotas dispersas que ella me ha referido muchas veces, junto con detalles que permiten imaginarse el escenario, y el tumulto vital de fondo, donde ocurrieron esas peripecias.

Hasta su matrimonio, sé que vivió en una finca arrendada, que se llamaba Los Barros, y de la que hablaba en un tono tan añorante que durante años yo creí que aquel lugar idílico debía de quedar muy lejos, allá por el pueblo donde ella nació, hasta que un día me enteré de que estaba junto a la rivera y que lindaba con Portugal, a solo unos pocos kilómetros de Valdeborrachos. Allí vivió con sus padres, Ángel y Felisa, y con sus cuatro hermanos, tres hembras y un varón, pero también con tres hermanos de Ángel y con un hermano de Felisa, todos con sus esposas y sus hijos, de modo que entre unos y otros eran más de veinte, y formaban una pequeña tribu pacífica y feliz. Nunca hubo desavenencias ni enfados entre ellos, no como en la familia del lado paterno, que a las dos por tres se ponían a discutir y salían tarifando, y que siempre tenían deudas pendientes que nunca acababan de saldar.

Vivían en unas casas que había construido Ángel para todos ellos, alineadas en dos filas, como un trozo de calle.

¿Y las hizo él solo?

No sé si lo ayudaría alguien, pero las hizo él, y también los tinados, los gallineros, el horno y las zahúrdas.

Cada familia tenía su casa y su gallinero, y del mismo modo que las gallinas se mezclaban todas de día pero a la hora de comer y dormir cada una sabía cuál era su casa, así también ellos, su tío Román, su tío Gumersindo, su tío Antolín, su tío Eugenio, su tía Cruza, su tía Petra, sus primos Toribio, Federico, Teodoro, Román, Emiliana, Eladia, Francisca..., nombres que vengo oyendo desde niño evocados como si fuesen personajes de cuento o de leyenda. Una vez pasó por allí un merchante con una partida de instrumentos musicales y una máquina fotográfica, y parte de ellos se retrataron formando una orquestina de lo más jovial y pintoresca. Es la única foto que se conserva de esos tiempos, y creo que también la única de mi madre antes del matrimonio. Son todos tan jóvenes, y se les ve tan alegres y desenfadados posando de músicos, que quizá esa foto contribuyó a forjarme la imagen ideal que yo tenía de ellos y de esa época dichosa.

De su padre recuerda muy poco, porque murió de una pulmonía con cuarenta y cuatro años, cuando ella tenía diez. Pero lo poco que recuerda tiene una intensidad vívida y perenne. Una vez llevó a sus tres hijas mayores, Eufemia, ella y Tomasa, en una tartana tirada por una yegua blanca a ver por primera vez el tren. Mi madre se acuerda muy bien de todo: el madrugón, el viaje, que duró todo el día, la tartana, la yegua, el tren, el miedo delicioso del regreso ya casi de noche, por senderos solitarios de tierra entre bosques vírgenes de encinas. Su padre quería arrendar una finca cerca de un pueblo grande para que sus hijos pudieran ir a la escuela y fuesen gente fina. Pero no pudo ser. Un vejete que andaba por aquellos cortijos dejados de la mano de Dios, y que sabía leer y escribir, hizo el oficio de maestro en Los Barros. Reunía en un chozo a los niños de los alrededores y les enseñaba las letras y los números. Fuera de eso, mi madre asistió por temporadas a la escuela pública de su pueblo. Esa fue toda su instrucción escolar.

De la guerra recuerda que, una de esas temporadas que vivió en el pueblo, se oía el campanillo del camión que pasaba dos o tres noches por semana con los presos que iban a fusilar. Al oír el campanillo, me cuenta, a mí me entraba una temblina que mi madre me tuvo que llevar otra vez al campo. Desde allí, algunas noches se oía a lo lejos el retumbo de los cañones en el frente y el resplandor de las descargas. En aquellos campos solitarios, por lo demás, ni siquiera pasó la guerra. Ni siquiera la guerra.

Una vez, hace pocos años, fuimos a ver Los Barros. No había vuelto allí desde que se casó. Era primavera. Nos metimos con el coche por un largo camino de tierra. A ambos lados, grandes llanos incultos colmados de hierba y de flores. A nuestro paso, salían volando alegres bandadas de jilgueros.

¿Es por aquí?

Sí, por aquí.

Entonces, ¿ya estamos en Los Barros?

Sí. Todo lo que se ve aquí estaba sembrado de trigo y de avena.

No se veía a nadie, ni siquiera un animal.

¿También entonces era así?

No, qué va. Entonces había gente por todos lados. Pero ahora ya nadie quiere trabajar ni vivir en el campo.

Luego el terreno se fue ondulando y empezaron a aparecer los primeros matorrales y encinas. Al rebasar una loma, vimos al fondo la línea arbolada de la rivera.

Métete aquí a la izquierda.

Pero si no hay camino.

Porque se ha borrado. Pero tú tira por ahí y enseguida, detrás de aquel alto, están las casas.

Y sí, allí estaban las casas, ya muy estropeadas, sin hojas ni marcos en las ventanas y en las puertas, los muros agrietados, los tejados rotos y vencidos, que ahora servían de refugio para los animales. Me fue señalando dónde vivía cada familia, el horno común, del que solo quedaba la horma, el sitio donde estaba el chozo en que aprendió a leer y a escribir, el lugar donde organizaban los bailes y donde un día todos se vistieron con trajes de papel, la cuadra donde dormía la yegua blanca que a ella tanto le gustaba montar.

No te ahogaste de milagro, le dije.

Ni sé cómo me salvé, con la de veces que crucé con ella la rivera por los sitios más hondos.

Entramos en la casa donde vivió con los suyos.

Cuánta fusca, dijo. Luego nos fue señalando con la mano: Aquí es donde criaba a la liebre que acabó en la cazuela, aquí es donde Eufemia y yo le pusimos al gato zapatos hechos con medias cáscaras de nuez rellenas de cera, aquí tenía mi madre el arca del bacalao.

Tantas veces había oído hablar del gato, de la liebre, de la yegua blanca y del arca del bacalao, que el encuentro con los vestigios de la realidad no alteró en absoluto las figuras que yo guardaba de siempre en la imaginación. Me pregunté si para ella no sería lo mismo, si sus recuerdos tan lejanos, y tan usados durante tantos años, no habrían fundado ya su propio reino, con sus propias leyes, y si aquel espacio no le resultaría extraño, carente de emoción, ajeno casi a su pasado, a la que había sido la época más feliz de su vida. Nos fuimos, y ella no se volvió para mirar atrás.

Eso es todo lo que he llegado a conocer de los años oscuros de mi madre. De mi padre, sin embargo, no sé absolutamente nada. ¿Cómo fue su niñez y su adolescencia y su primera mocedad? Imposible saberlo. Solo hay una fotografía de mi padre niño. Es un retrato donde mi padre y el abuelo Luis posan solemnemente en un escenario preparado al efecto con maceteros y colchas historiadas. Los dos visten cuidadas prendas campesinas. Mi padre lleva boina y mi abuelo sombrero. Mi padre sostiene entre los brazos una liebre muerta. Debe de estar fechada hacia 1922. Eso es todo. Luego, hasta las cartas de la guerra, no sé nada de él. Ni siquiera una anécdota.

Respecto al noviazgo, cómo se conocieron, cómo se declaró él, cómo fue el cortejo, de qué hablaban, qué decían los versos que él le escribió alguna vez, de todo eso no sé nada. A veces vuelvo de nuevo a preguntarle, por si suena la flauta, pero mi madre siempre dice que no se acuerda de esas cosas. Su sobriedad sentimental, además, le impide tratar esos asuntos. Lo que sí sé es que se casaron en el pueblo de la novia, como era norma entonces. Por parte del novio solo asistieron a la boda el abuelo Luis y mi tía Juana, hermana de mi padre. Los demás no fueron porque en aquellos tiempos las cosas eran así. Viajar resultaba caro, y sobre todo no estaba dentro de las costumbres campesinas. Quién iba, además, a cuidar del ganado, de las gallinas, de la hacienda.

Durante un rato nos quedamos callados y como perdidos en la lejanía de aquellos tiempos.

¿Sabes de quién me acuerdo mucho?, le dije, para mantener la intensidad del momento.

¿De quién?

De tía Cipriana.

Ah, yo también, dijo ella. ¡Era tan buena! A mí me quería como a una hermana.

Yo le comenté que no había tenido mucha suerte en la vida.

Es verdad, dijo mi madre. Sufrió mucho, y sin embargo nunca perdió el humor. ¡Qué buen genio tenía!

Y así la recuerdo también yo, alegre y dicharachera, aunque con silencios profundos que debían de esconder muchas penas inconsolables. Volvimos una vez más a recordar su vida, mi madre y yo. Mi tía Cipriana era la hermana mayor de mi padre, que también se llamaba Cipriano, nunca supe por qué. Mi madre sí lo sabía, pero ya no se acuerda, y yo no me ocupé de averiguarlo cuando aún estaba a tiempo de hacerlo. Quizá entonces yo no era muy consciente de los estragos irreparables que producen los años. Ahora miro atrás y solo veo un paisaje de escombros. Un desastre, como dijo tío Ignacio al ver las ruinas romanas. ¿Y qué puede hacer la memoria para remediar ese desastre?

La casaron a la fuerza, ¿no?

Sí. Ella estaba enamorada de otro, de uno que era sastre, pero su padre la obligó a casarse con un hombre oscuro y muy raro, al que ni siquiera conocía. Se llamaba Ángel. Ella tenía entonces quince o dieciséis años, ya ve usted.

El hombre oscuro y raro vivía en la soledad de un toril con un hato de cabras y unas cuantas gallinas. *Toril* es una palabra que no viene en el diccionario con el significado que yo conocí de niño, y que es algo así como un campo montuno, bravío, con chaparros, jaras y maraña. Y allí se fue a vivir ella con el hombre oscuro y raro al que no quería, ni apenas conocía.

Aquel hombre hablaba muy poco y pensaba mucho. Apenas iba al pueblo, y cuando iba no se juntaba con nadie, no alternaba ni frecuentaba las tabernas, le gustaba la soledad y el silencio, y eso es lo poco que se sabe de él. A los veintiún años, mi tía Cipriana era ya viuda y tenía cinco hijas, además del toril y las cabras, que eran su único medio de vida. Un día, estando en el pueblo en casa de sus suegros, el hombre oscuro y raro se desnudó, se vistió solo con una sábana, se reató una toalla a la cabeza a modo de turbante, salió al balcón y se puso a echar un discurso. Estuvo mucho tiempo allí discurseando, y es de suponer que abajo se formó un mediano auditorio, pero de ese discurso no se sabe nada. Como muchos pergaminos que se quemaron en la biblioteca de Alejandría, también ese humilde discurso se perdió para siempre. Yo le pregunté más de una vez a mi tía Cipriana, pero ella siempre decía que cómo iba a acordarse de eso, que bastante tenían ya con la desgracia de su marido, que se le había vuelto loco de repente, y del escándalo público que estaba armando en el balcón.

Aquella fue sin duda una locura largamente incubada, y quizá también el discurso fue largamente planeado. ¿Qué diría? ¿Qué extrañas intuiciones alumbrarían su mente en ese rapto de elocuencia, y qué palabras, y qué hilo argumental, por difuso o mal anudado que fuese, elegiría para expresar y dejar constancia ante el mundo objetivo de su mundo particular e intransferible?

¿Y tú nunca preguntaste qué fue lo que dijo desde el balcón?

Y qué iba a decir, pues las tontunas que dicen los locos, dice mi madre, pero yo creo que algún vislumbre de extrema lucidez, el vago contorno de una idea jamás pensada, algo quizá terrible, debía de sustentar el discurso que el hombre oscuro y raro legó vanamente a la posteridad. Lo llevaron a un manicomio y allí murió poco después. No, tampoco debía de ser pequeño el afán de aquel hombre.

Las cinco hijas de tía Cipriana tuvieron una vida poco afortunada. Algo del padre quedó latiendo en ellas, en una mirada, en un tic, en una frase extraviada, en una distracción insondable. Dos murieron prematuramente, y las otras enviudaron pronto y vivieron de los milagros del dinero chico. Y lo mismo mi tía Cipriana. La renta del toril era escasa y la repartía con sus hijas, hasta que al final lo vendió, y entre unos y otros se comieron enseguida aquel pequeño capital.

Mi tía Cipriana vivía muy pobremente en el caserón de sus padres. Cuando se quedó sola, ya era mayor, porque había nacido con el siglo, como le gustaba decir, y concertó con una vecina que todas las mañanas al levantarse abriría el postigo para dar noticia de que seguía viva y activa, y de que si alguna vez no se abría, una de dos, o no podía valerse o había muerto.

Siempre que íbamos al pueblo, lo primero que hacíamos era visitarla y llevarle algunos regalos. Luego nos sentábamos alrededor de una mesa camilla y ella y mi madre se ponían a hablar durante horas y horas con mucho gusto y sin ningún cansancio, y esa hubiera sido para mí una fuente inagotable de información, pero al rato yo me levantaba y me perdía en busca de arañas gigantes y de sensaciones olvidadas por los patios, traspatios, corrales y dependencias medio arruinadas de aquel casumbo en el que había vivido largas temporadas durante mi niñez. Hoy me arrepiento de no haber asistido a aquellas conversaciones, y de no haber promovido muchas más.

Nuestros regalos eran siempre más o menos los mismos: botes de leche condensada, paquetes de galletas, un pollo, una rebeca gruesa para el invierno. Ella no estaba acostumbrada a recibir regalos y se emocionaba tanto que se ponía fea de ternura y hacía como un puchero, el llanto pintado en el rostro, y no solo por la emoción sino también por la tristeza de no poder corresponder en igual medida. Esa palabra, *corresponder*, la tengo marcada a fuego desde niño. Si te hacían un favor, un regalo, una invitación, había que corresponder. Si no eras capaz de corresponder, se agradecían mucho los ofrecimientos pero no se aceptaban, no podían aceptarse. Por eso nuestros regalos eran siempre modestos, para no ofenderla y crearle un cargo de conciencia.

Pero ¡si yo no puedo corresponder!, nos decía siempre, agradecida, sí, pero también quejosa del apuro en que la poníamos.

Una vez, en su afán de corresponder, les dijo con mucho misterio a mis hijos, que debían de tener siete u ocho años: Os voy a hacer un obsequio. Recuerdo que para entonces el habla se le derramaba por una mella que tenía.

Entró en una alcoba fresca y oscura, que había servido siempre de bodega, la oímos y entrevimos trastear entre unas tinajas y poco después salió con dos naranjas, una en cada mano. Se inclinó solícita hacia los niños y se las ofreció, como si realizase un juego de magia. Esto, dijo, en un tono rumboso, para vosotros. Los niños se quedaron perplejos, sin entender, mirando cada cual su naranja. Sin duda, ignoraban que una naranja pudiera ser un obsequio. Yo les dije luego que quizá nunca habían recibido, ni recibirían, un regalo tan sincero y espléndido como aquel. En la despedida, volvió otra vez a ponerse fea de ternura. Este es el último año que nos vemos, decía siempre, y se asomaba a la puerta para vernos partir por última vez.

¿Seguro que no sabes nada de aquel discurso?

Seguro que no.

Así que ayer mi madre y yo volvimos a repasar los viejos tiempos en busca de algún pormenor traspapelado. Pero no encontramos nada que no supiéramos ya.

¿Por qué te ha dado últimamente por preguntar tanto?

Le dije que estaba escribiendo un libro sobre la vida de todos nosotros.

Con lo mentiroso que has sido siempre, habrá que ver lo que cuentas ahí.

No, esta vez no hay mentiras. Es un libro donde todo lo que se dice es verdad.

Ella se quedó dudosa y como ausente, y solo tras un buen rato dijo:

Él podía vivir perfectamente todavía, ¿por qué no?

17
Elogio del cubil
Hacia 1950

El otro gran momento de suspense en los viajes entre el campo y el pueblo era cuando, al rasar un alto, aparecía el castillo a lo lejos. Ah, granuja, ya estás aquí de nuevo, escuchabas su voz truculenta desde lo alto del canchal donde estaba encaramado, ya eres otra vez mío, y su mirada ceñuda y rencorosa ya no se apartaba un momento de ti, te iba siguiendo y rastreando por las sinuosidades del camino. Era como si entre mi padre y el castillo hubiera una secreta afinidad, una conjura de los dos contra mí. Y, según nos acercábamos, yo me iba llenando de miedo y de tristeza ante las exigencias de la realidad: demasiada realidad para asumirla toda de una vez.

Porque allí acababa el tiempo de la inocencia y de la impunidad, donde el presente lo era todo, y comenzaba el futuro, tan amenazante como el perfil bruto e inflexible de las torres y almenas. Pronto acabarían las vacaciones y yo tendría que volver a Madrid para forjarme un porvenir y llegar a ser algo grande en la vida. Otra vez el largo viaje nocturno en tren, el dormitorio colectivo, los madrugones, el olor a cura, a lejía y a sopa de fideos, las luces insomnes de los coches yendo y viniendo en la oscuridad por la autopista de Barajas, el rumor de fondo de la ciudad, las cornetas de los basureros, la pesadumbre y el tedio de la misa diaria y del rosario de después de comer, el sopor de las clases, el miedo siempre latente a defraudar las ilusiones de mi padre, a no saber cumplir la misión que él me había encomendado, y a todas horas el recuerdo sin consuelo del campo, del gato, del perrillo, de las gallinas y los pavos, de los coloquios alrededor del fuego, de los cuidados de mi madre, de los días largos y despreocupados del verano...

Luego, por un sendero pedregoso entre chumberas y pequeñas huertas muy bien cuidadas, entrábamos en las primeras calles del pueblo. Llegados en carros o en caballerías, sucios del camino, parecíamos la reencarnación de los hojalateros ambulantes, nuestros primeros padres. Y allí comenzaba otro mundo. De golpe los colores, los olores y los sonidos pasaban a ser otros, y con ellos despertaban otros modos de emociones y asombros. Los sentidos, saturados por tantas y tantas incitaciones, no sabían a lo que atender: el blanco cegador de las casas, el verde de los naranjos y palmeras, el ocre de los tejados, de tantos tejados juntos, los colorines de las tiendas y de los zaguanes de las casas, con su alegre y fresca geometría de azulejos y su fila de aspidistras en altos maceteros de forja, el olor a dulces recién hechos, a cerveza y a vino agrios al pasar ante las tabernas, al escabeche y al bacalao y al papel de estraza de las lonjas, a aceras muy bien fregoteadas, y el quiconeo de las cigüeñas, las campanadas del reloj, el motor de un coche o de una moto, la música celestial de las fraguas y de las herrerías, y el habla cantarina y refinada de la gente, cómo no, que nada tenía que ver con la prosodia de los campesinos, tan cerrada y oscura.

No había comparación posible. Lo mismo que en el campo era la fascinación ante los misterios y encantos de la naturaleza, en el pueblo era el fervor (promovido y extremado por mi padre) ante los prodigios de la civilización y la modernidad, y ante las gentes que las representaban. Porque más que admiración era fervor, creencia, fanatismo. Y no solo hacia el médico, el ingeniero, el abogado o el maestro, sino también hacia los expertos, a los que dominaban un arte o una técnica. Los conductores de automóviles, por ejemplo, que entonces gozaban de un gran prestigio entre las clases populares (no entre la gente gorda, claro está, donde no pasaban de ser meros criados). Conducir, *guiar* un coche, como se decía en aquellas fechas, tenía algo de magia, de un saber arcano solo al alcance de unos pocos.

Mi padre me llevaba a veces con él a los talleres de los artesanos que eran amigos suyos para que los viese trabajar y me fuese aficionando a las labores finas y mañosas. Y de todos ellos —la zapatería, la herrería, la sastrería, el taller de mecánica—, el que más me gustaba era una carpintería regentada por un hombre que era muy alegre, muy hablador y muy borracho, que se llamaba Hilario pero al que todos conocían como el maestro Agujero. Había sido en su juventud sargento de la Guardia Civil y tenía un agujero hondo en la mejilla y parte del cuello de un tiro que le dieron en una trifulca de honor con un teniente, o eso era al menos lo que se contaba. El teniente murió en la trifulca y a él lo echaron del cuerpo. Entonces se metió a carpintero. Ahora bien, el agujero en la cara no le impedía ser un hombre atractivo, que hacía suspirar a las mujeres, aunque quizá fuese más por su labia que por su figura.

El maestro Agujero trabajaba poco y muy despacio y tardaba muchísimo en hacer los encargos, pues casi todo el tiempo se le iba en hablar, en beber vino y en jugar con sus pájaros amaestrados. Pero todo el mundo le perdonaba las informalidades porque no había manera de enfadarse con él, de lo desmesurado y bromista que era. Y eso es lo que me gustaba a mí de la carpintería, el ambiente festivo y el que estuviese llena de pájaros que iban de un lado para otro, entrelazando sus vuelos, que salían y entraban de la calle, que cantaban y graznaban, que se posaban en el hombro o en la cabeza del maestro Agujero, que decían picardías y frases absurdas, porque a algunos —la urraca, el grajo, el mirlo, el estornino— los había enseñado también a parlotear. Y luego aquella manera que tenía de quedarse con el martillo o el serrucho en el aire, en actitud de usarlos pero sin decidirse todavía, mientras hablaba a voces y miraba a sus contertulios, más atento al coloquio que al tajo, sin prisas, sin preocupaciones, y siempre con la herramienta alzada, hasta que al fin a lo mejor retomaba el trabajo, aunque bien se veía por sus maneras inconstantes que no tardaría en hacer otro alto para remachar algún punto de la conversación o abrir en ella un nuevo frente. Y siempre con el vaso de vino al lado y el pelo lleno de plumas y virutas.

Cuando salíamos de allí, mi padre me preguntaba si me había gustado aquel modo de ganarse la vida, y yo siempre le decía que sí. Entonces él se ponía a hablar apasionadamente y con mucha elocuencia de lo bien que iba a vivir cuando fuese abogado. Y nada de monos, ni de mandiles ni de pringue, porque yo iría siempre con traje y corbata y solo tendría que hablar y que firmar. Un buen abogado, con una firma, ganaba más en un día que un carpintero en todo el año. Eso era el dinero grande. Pero yo lo que quería de verdad era amaestrar pájaros, hablar a voces, reírme y beber vino, y de vez en cuando trabajar un poquito. Ese era el destino que hubiese elegido para mí. Por eso me gustaba el maestro Agujero, y no el modo de ser de algún que otro experto, que tenía todos los síntomas alarmantes del hombre eficaz. Y así, nos íbamos yendo a casa, dando el día por bien aprovechado.

Pero a quienes yo admiraba secretamente de verdad, y envidiaba y odiaba en secreto, era a ciertas pandillas de muchachos que tenían más o menos mi edad, y cuyos modos urbanos me intimidaban y me producían un sentimiento de inferioridad cuyos rescoldos aún humean. No los muchachos de mi calle, y menos aún los de mi vecindad, que eran casi de la familia, y tampoco los del colegio de Madrid, con los que a mí no se me ocurría compararme porque eran ajenos a mi verdadero mundo, sino los hijos de buena familia del pueblo, los vástagos de la gente gorda, o mediana, o quizá ni eso, pero cuya realidad fantasmagórica había grabado a fuego en mi corazón la autoridad paterna. Ellos eran los ejemplares de la fauna que mi padre había creado en su imaginación infernal. Heraldos de la casta a la que yo algún día, según sus cuentas, habría de pertenecer. Y en cuanto a las muchachas, me parecía imposible llegar a merecer a ninguna de ellas. Y no solo entonces sino ya para siempre. En la adolescencia, en la juventud y en la madurez: en todas las edades he sabido reconocer al instante a las muchachas, a las mujeres prohibidas, inalcanzables para mí.

Ahí están, valga este aparte literario, descritas de una vez para siempre desde los ojos enloquecidos de Sorel y de Gatsby, esos dos grandes desclasados a cuya causa yo me adhiero incondicionalmente. Como en la vida real, cuando leí *El gran Gatsby* las reconocí también de inmediato. Se llaman Jordan y Daisy. En los movimientos de Jordan hay «la agilidad de quien ha aprendido a andar en campos de golf y durante mañanas transparentes y frías», y sobre su labio superior se insinuaba «un transparente bozo de sudor cuando jugaba al tenis». La voz de Daisy está «llena de resplandores y de música», y en una tarde de lluvia «un húmedo mechón de pelo parecía una pincelada azul sobre su mejilla». En ellas está todo el esplendor, toda la magia y todo el encanto que alimentan los más altos y delirantes sueños del amor. Inalcanzables, siempre inalcanzables. ¿Cómo no recordar la primera vez que aparecen en la novela ante los ojos atónitos del narrador y del lector? Es un espacio de un luminoso color rosado en una gran mansión de West Egg. Las ventanas están entreabiertas. «La brisa atravesó la habitación, hinchando los visillos..., en un lado hacia el interior del cuarto y en el otro hacia afuera, y luego los retorció para levantarlos hacia el techo, que parecía una barroca tarta nupcial; después agitó un tapiz color vino, creando ondulaciones como las del viento sobre el mar.»

Ese es el espacio en el que entra el narrador, y nosotros con él, para asistir ahora al prodigio de la belleza en toda su dolorosa plenitud: «El único objeto completamente inmóvil que había en el cuarto era un enorme sofá en el que dos jóvenes estaban encaramadas como si se tratara de un globo cautivo. Ambas iban de blanco, y sus vestidos se agitaban y llameaban como si la brisa acabara de devolverlas al punto de partida después de un breve vuelo en torno a la casa. Debí permanecer inmóvil unos momentos escuchando el restallar de los visillos y el chirrido de un cuadro contra la pared. Luego se oyó el ruido violento de las ventanas traseras al cerrarlas Tom Buchanan, con lo que el viento aprisionado perdió fuerza, y los visillos y los tapices y las dos muchachas descendieron lentamente hasta el suelo».

Así de leves y de maravillosas eran también las muchachas, las niñas, a las que yo espiaba de lejos en sus alegres correrías y por las que sufría como un pequeño Gatsby, y por las que ya no dejaría nunca de sufrir. Jamás, jamás podría pertenecer a aquella casta dominante y feliz.

Por eso me gustaba recluirme en casa, donde estaba a salvo de envidias y rencores. Las casas de mi familia eran grandes y destartaladas casas de labranza, con hondos zaguanes abovedados y con piso de piedra cruda por donde pasaban ruidosamente las caballerías hacia el corral, donde estaba la cuadra. En la penumbra de los desvanes se guardaba el grano, y extendidos sobre el suelo se conservaban calabazas, melones, camuesas, membrillos, de modo que aquellos lugares, con sus buenos aromas, estaban hechos como a propósito para acoger la soledad de un niño. Allí me sentía seguro, porque estaba en casa pero a la vez estaba a salvo de la familia y de los deberes familiares. Doblemente seguro pues.

La ensoñación de un lugar secreto, de un refugio, siempre me ha subyugado. Un día deberías escribir algo sobre el refugio como motivo literario, *Elogio del cubil*, podría titularse, porque los mejores y más seguros escondrijos los has encontrado siempre en los libros. Todo buen lector ha compartido y saboreado con los náufragos de *La isla misteriosa* el refugio inaccesible que se hacen en la pared vertical de un acantilado, o con Robinson Crusoe los tres que llega a tener, cada cual más recóndito que el anterior. Aunque el que más me gusta, y al que siempre regreso en las noches en que algo vagamente inquietante no me deja dormir, es la madriguera que excava Lawless, el inolvidable personaje de *La flecha negra,* de Stevenson. «Aquí tenéis, pues —dijo Lawless—, la madriguera del viejo Lawless... Mucho he rodado de aquí para allá y por todas partes, desde que tenía catorce años y huí por primera vez de mi abadía con la cadena de oro del sacristán y un misal, que vendí por cuatro marcos. He estado en Inglaterra, y en Francia, y en Borgoña, y en España también, en peregrinación por mi pobre alma, y en el mar, que no es país de nadie. Pero mi sitio está aquí. Mi patria es esta madriguera en la tierra. Ya llueva o ventee..., ya luzca abril y canten los pájaros..., o venga el invierno y me siente sólo con mi buen compadre el fuego mientras gorjea el petirrojo en la selva, aquí está mi iglesia y mi mercado, mi mujer y mi hijo. Aquí es donde siempre regreso, y aquí, ¡háganlo los santos!, quisiera morir.»

No hay mejor placer, tras una jornada de fatigas y de peligros, que el refugio seguro, y la comida y la bebida, y el calor del fuego y de la plática. Narradores desde el refugio son los jóvenes del *Decamerón.* Y así también se hace el *Quijote:* una aventura, y luego el ameno descanso de un coloquio. Si ruge afuera la tormenta, o aúlla el lobo, o acechan los salvajes o los bachilleres, todavía mejor.

Y entretanto el lector, como los personajes en el seguro de una cueva o de un cerco de estacas, encuentra su refugio en el libro. Esconderte en un libro, en el cálido cubil de las palabras, eso es lo que has hecho tantas veces, como de niño en los desvanes.

El olor a polvo de cereal y a oscuras esencias naturales, y el patio perfumado de jazmines y dondiegos, y el zumbido de las avispas en las horas mortales de la siesta. Allí, al fondo del zaguán, junto al portalón abierto de par en par, se sentaba tu padre por las mañanas a leer el periódico, y así estaba atento a las noticias del mundo y a las de la calle, y allí mismo, tras correr la cortina para tamizar el fulgor del corral, tu madre y algunas vecinas hacían por la tarde un corro de costura. Yo subía y bajaba por la casa, salía a jugar a la calle, podía emprender cualquier aventura con la seguridad de que, mientras el corro continuase allí, con sus alegres y apacibles susurros, no iba a pasarme nada malo, porque ellas, las mujeres, me cuidaban, me protegían de cualquier peligro con su sola presencia. Entonces no había agua corriente. A lo mejor entraba sofocado por el calor e iba derecho a la tinaja —me gustaba sentir en la barriga la frescura cóncava del barro—, retiraba la tapa de madera y hundía en el agua dormida con la mano el vaso de lata que había para beber. Al salir otra vez al zaguán, las mujeres del corro levantaban los ojos de la costura o de la conversación y me miraban un instante y me veían allí, secándome la boca con la manga, todavía con la respiración agitada, representando ante ellas el papel de niño grande, de niño atareado, de niño camino de ser hombre, y ellas acaso sonreían un instante, solo un instante, y eso era suficiente para que yo, no sé cómo, no sé por qué, no sé de dónde, fuese feliz. El seguro refugio de las mujeres, la felicidad sin ton ni son. Las mismas mujeres que se reunían en casa alguna mañana para hacer dulces. Toda la mañana dedicada a los dulces, y esos días estaban también libres de pecado y de culpa.

Pero en septiembre llegaban los primeros y aciagos anuncios del otoño. Vendrían las lluvias y las nieblas y yo no estaría allí, pensaba, como tampoco oiría el crepitar de la lumbre ni el ronroneo del gato ni las historias de mi abuela Frasca, ni estaría ya bajo la protección del corro de costura o de las alegres mañanas consagradas a la dulcería. Estaría lejos, haciéndome un hombre de provecho. Y según se acercaba octubre, y con él el duro mundo del mañana, iba como manando de mí una tristeza cuyo sabor amargo sigue intacto en el alma. Me sentía solo y desamparado, y aquel sentimiento quizá se marcó con sello indeleble en algún oscuro rincón de mi carácter. De esto no he hablado nunca con mi madre. Ella no le daría importancia. Son las pequeñas penas de los niños, que enseguida se pasan y se olvidan. Pero no sé, no sé. Quizá algo de mi modo de ser y de sentir se forjó en el molde definitivo de aquellos días que iban del verano al otoño, y quizá ahora, cuando en septiembre se levanta una súbita brisa precursora de los fríos invernales, algo en mi cuerpo actualiza, pone al día, lejanas vivencias del ayer. Me pregunto (sin ánimo desde luego de obtener respuesta) si los sentidos, desazonados por un escalofrío a deshora, no alertarán a la conciencia de la llegada recurrente de aquella primera tristeza infantil. ¿Somos así de casuales, así de frágiles, de simples? ¿Somos, entre otras cosas, el niño cuya ánima en pena andará siempre errante por las otras edades de la vida?

Y, según se acercaba octubre, era como si me fuese alejando de mi casa y de nuestra calle hacia un mundo que se iba haciendo cada vez más hostil. Nuestra calle era la más alegre que he conocido nunca. A todas horas se oían las voces de las vecinas que se hablaban de lejos, los pregones de quienes iban vendiendo fruta, telas, helados, quesos, ranas, del afilador, del hojalatero, los gritos de los niños, los cascos de las bestias rebotando en el duro suelo de adoquines, los avemarías inquisitivos de quienes se anunciaban desde el umbral para advertir de su presencia, la algarabía de los corros que se hacían en la acera en el buen tiempo hasta altas horas de la noche. De día, las puertas estaban siempre abiertas, y la frontera entre lo privado y lo público era un tanto difusa, de modo que la calle era casi una extensión de la propia casa. Pero, más allá, el paisaje urbano adquiría para mí formas inquietantes, e incluso amenazadoras cuando llegabas a la gran plaza del pueblo y veías allí, sentados a la puerta del casino de los ricos, a los notables, a los letrados, y a la gente gorda, cómo no, los dueños del dinero grande, los que solo se mezclaban entre ellos y vivían en casas enormes cuyas puertas permanecían cerradas todo el día.

Cuando subía a la plaza los domingos, mis padres me daban dos perras gordas y una chica, un real, y aquellas monedas, bien administradas, duraban para toda la tarde. Cinco céntimos de altramuces, que te los despachaban en un cartucho de papel de estraza, cinco de pipas, diez para un helado, y aún te quedaban cinco antes de regresar a casa al anochecer con las manos felizmente vacías. No sé de dónde me viene a mí, dicho sea de paso, la obsesión por el dinero. No por poseerlo y gastarlo sino solo por saber de él y de sus relaciones con la gente. Me gusta que me hablen de cifras exactas, como hacen por ejemplo Balzac o Dickens, lo que gana cada cual, lo que cuestan las cosas, el montante de una herencia, de un robo, de un tesoro. Del dinero (del chico y del grande, pero sobre todo del chico) quiero saberlo todo.

También me gusta saber con exactitud lo que come la gente. Valoro mucho en el *Lazarillo* las uvas, el vino, la longaniza, el nabo, los bodigos, la cabeza de carnero, las uñas de vaca, los mendrugos de pan. Esos detalles son oro puro para mí. Sin ellos, además, el *Lazarillo* sería otro tipo de libro, no el que es. En el *Quijote* se deja muy claro desde el principio qué es lo que come nuestro héroe, y de todos los yantares que hay en el libro, el que yo prefiero es el que hace Sancho con los moriscos tras el descalabro de la ínsula: pan, caviar, huesos mondos de jamón, rajas de queso, nueces, aceitunas y vino. Eso es exactamente lo que comen. Galdós cuenta no sé dónde que aquel día había en el mercado una merluza de buen ver, a no recuerdo cuántos reales el kilo. Me sé de memoria los menús de Robinson Crusoe, las fatigas del Buscón, y casi todas las hambres y los festines de los grandes carpantas y tragaldabas de la literatura universal. Deberías escribir un libro sobre el dinero chico y sus milagros cotidianos, comenzando por aquel real que te daban para que te durase toda la tarde de domingo.

Y, más allá de la plaza, el mundo se hacía todavía más hostil. A unos treinta kilómetros por un camino de tierra, estaba la estación del ferrocarril, y mucho más allá, Madrid y el colegio, en una fuga que me iba alejando cada vez más de mis abrigados y seguros refugios infantiles.

Hasta que un día de octubre de 1960, desmantelamos la casa y nos fuimos todos a Madrid. Y allá iba mi padre con su cayado, abriendo marcha, Moisés conduciendo a su pueblo hacia la Tierra Prometida. Había vendido un buen pedazo de la finca para comprar en Madrid un piso y una sepultura de seis cuerpos. Lo demás lo llevamos casi todo del pueblo. Porque cuando emigramos, nos trajimos a Madrid nuestro mundo rural, nuestro modo de ser, nuestros cachivaches campesinos —calderos de cobre, orzas de barro, barreños y fuentes de loza con motivos florales, cuchillos de matanza, ollas y sartenes de hierro, la piedra de afilar, el hacha, damajuanas revestidas de caña o de esparto, sacos de arpillera, los altos y barrocos maceteros de forja—, además del gato, y seis gallinas y un gallo con el que formamos un gallinero en la terraza para estupor y escándalo del vecindario. Y también nos fuimos con nuestro acento rústico y con nuestras palabras, que fuimos dejando de usar poco a poco en nuestra relación con los demás pero que conservamos, y seguimos conservando, cuando hablamos entre nosotros. Entre nosotros decimos por ejemplo *farraguas, triunfear, gasparullo, peruétano, arrepío, farrajar, fechadura, arrancharse, milgueras, mérula, poipa, brutarate, perrengue, morgañera, safar, empicarse, panfarta, freguesía, morrocate, falagar,* y muchísimas más. Son palabras viejas, que se usaban antiguamente, que cada vez conocen menos los propios jóvenes del pueblo y que no tardarán en olvidarse por completo, como todas las cosas del mundo campesino de entonces. Todo, todo se perderá.

Y pasó el tiempo, y el pueblo y el campo fueron quedando atrás, cada vez más atrás, pero ya inalterables en el ámbar de los recuerdos y sentimientos infantiles, ajenos a las mudanzas del tiempo, congelados en la memoria para siempre.

18
Un grano de alegría, un mar de olvido
Marzo de 2014

Hace poco me propusieron dar una charla y, buscando tema, se me ocurrió contar algo de lo que he escrito en los últimos meses. Lo comenté con mi interlocutor. Hablé muy por encima de mi infancia sin libros, de las lecturas caóticas de mi adolescencia y del descubrimiento, ya con veintiún años, de mi primer canon literario. Interesante, dijo él. ¿Y cómo lo vas a titular? Hombre, dije yo, Del caos al canon, ¿no? Quizá podríamos añadir, me sugirió, Del caos al canon, dos puntos, años de aprendizaje. Y a mí me pareció muy bien. Porque de eso es, entre otras cosas, de lo que tratan estas páginas, de cómo fui encontrando un sentido a mi vida en el oscuro y errático devenir de los años. Lo demás es casi todo la vida remansada, los vagos y dispersos anhelos ya encauzados: el hogar, el trabajo, la escritura, la mansedumbre de los hábitos, el rumbo puesto hacia un norte seguro. Algún día debería escribir un libro sobre los momentos esenciales de algunos personajes literarios. Esos momentos creadores, fundacionales, capaces de torcer el destino, de cambiar o corregir en un instante el curso de una vida, como me ocurrió a mí al descubrir que mi pueblo no era el centro del mundo, o cuando me vi vestido con el mono y las alpargatas de mecánico, o cuando me compré *El criterio,* de Balmes, sin sospechar que allí comenzaba para mí una vida nueva. Y eso por no hablar de la muerte de mi padre, fuente de todo afán. En casi todas las novelas aparece alguno de esos momentos estelares, y a veces en ellos está la clave para acceder al sentido profundo de la historia. En fin, supongo que ese, al igual que la novela del jubilado que abandoné a las pocas páginas para contar esta deshilvanada y verdadera historia de recuerdos, es otro de los muchos libros que nunca escribiré.

Hoy es 8 de marzo de 2014 y, desde que se me ocurrió el título de la charla, siento que estoy llegando al final de este libro. ¿Qué más podría añadir? Empecé a escribirlo en septiembre y ahora estamos ya casi en primavera. Dentro de un mes, mi madre y yo iremos al pueblo, como todos los años por estas fechas. Tenemos por allí muchos parientes, además de mi hermana la mayor, y estos días hablamos más que nunca de ellos, hacemos planes de visitas, de comidas colectivas, de vernos aquí o allá, y luego, inevitablemente, recordamos también a los que ya no están. Mi madre entonces se queda triste y pensativa. Ya se le han muerto dos hermanas y un hermano, y solo quedan ella y Felisa, que es la más pequeña. De los primos con los que vivió en el campo hasta su matrimonio no sabe si vivirá alguno. Alguno quedará, dice, pero hace años que no sé nada de ellos. También murieron las hermanas de mi padre. Y también doña Sara y todos los vecinos de aquel entonces. Mi madre ha ido aceptando todas esas muertes sin protestas, casi sin lágrimas. Así es la vida, es todo cuanto dice, y los dos nos quedamos con los ojos perdidos en el aire, viendo apenados ese lento desfile de espectros desvaneciéndose en la distancia.

Lo peor es cuando la muerte llega a deshora, cuando aún quedaban años buenos para vivir. Entonces yo me acuerdo siempre de Paco. Su muerte me sigue conmocionando como si fuese ayer. Y eso que ya hace años que murió, el 16 de abril de 2005. Lo recuerdo muy bien porque a principios de ese mes yo estaba internado por primera vez en mi vida en un hospital y ellos me llamaban por teléfono todas las noches al filo de las diez. Primero se ponía mi hermana la mayor. Qué pasa, cómo va eso. Bien, bien, le decía yo, cualquier día de estos me darán el alta. Y vosotros, ¿qué tal? Como entre mi hermana y yo hay una vieja complicidad que nos obliga a hablar únicamente de las cosas que nos interesaban de niños y dejar al margen todo lo demás, ella me contaba que un jilguero había hecho el nido en la misma parra de la puerta, que estaba criando una pareja de patos bravos recién nacidos con la idea de amansarlos, que la zorra se había llevado un ganso y que andaban buscando la forma de acabar con ella y con sus fechorías, que el otro día salió por detrás de la casa y en un momento cogió dos kilos de criadillas.

A ver si vienes a vernos, me decía al final, ya verás qué bien lo vamos a pasar por aquí. Yo le decía, sabiendo lo que iba a contestar, que por qué no venían ellos a Madrid. Y ella, en efecto, respondía: No puedo, tengo que cuidar los chivos. Esa es una frase ya clásica entre algunos de la familia. A mi hermana la mayor le gusta poco salir de casa, y por eso, cuando no tiene ganas de ir a un sitio, siempre pone el mismo pretexto: No puedo, tengo que cuidar los chivos. Mi hermana la pequeña y yo usamos a veces esa frase para declinar una invitación. Lo decimos en broma, claro está, pero a mí me gustaría decirlo en serio cuando me veo en el compromiso de inventar excusas para decir que no, que lo siento pero que no, y que los demás entendieran y aceptaran como una razón suficiente esa frase tan sencilla como rotunda: No puedo, tengo que cuidar los chivos.

Luego se ponía Paco. Mira lo que te digo. Tú lo que tienes que hacer es venirte para acá que yo aquí me encargo de curarte. Porque se había hecho un poco curandero. Sabía de hierbas y de otros remedios naturales. Que te dolía la barriga, se ponía a reposar una pella de arcilla blanca en un tazón de loza con agua pura de manantial, y con un vasito de esa agua se te pasaban los trastornos. Que te hacías una herida, un apósito de corteza de aloe sobre ella y problema resuelto. Te tengo que enseñar también un truco que he aprendido de un curandero portugués por si te da un infarto. Haces una figura con los dedos entrelazados de la mano izquierda, como si hicieras una garra, ya te explicaré cómo es, y con eso se te pasa el dolor. Déjate de médicos ni médicos y vente para acá.

Yo los había visitado muchas veces desde que decidieron irse de Madrid e instalarse en el campo. Vivían allí como robinsones, apartados del mundo, a la manera antigua, y en la misma casa que supongo que habría construido su padre o su abuelo al modo y al estilo rústicos en que se hacían todas por allí. Eran casi autosuficientes y apenas iban a comprar al pueblo. Preferían hatear en un caserío portugués de La Raya donde había un boliche que vendía de todo.

Primero tuvieron ovejas, que era lo que habían criado allí desde antiguo, pero un día Paco dijo: ¡Al carajo las ovejas!, ahora nos vamos a dedicar a los cerdos. A los pocos años dijo: Los cerdos dan mucho ruido, ¡al carajo con ellos!, y se pasó a las vacas. Luego licenció también las vacas y pensó en montar una granja de avestruces, y así andaba siempre, tejiendo y destejiendo proyectos, y aguardando el futuro espléndido que la esperanza le tenía prometido. Lo que nunca dejaron de tener fueron unas cuantas cabras y alguna oveja para el queso y la leche.

En cierta época decidieron, mi hermana y él, aunque supongo que el artífice intelectual fue él, formar con sus dos hijos una pequeña compañía musical, por el gusto de hacerlo pero también, si se terciaba, para ofrecer actuaciones por los pueblos de los alrededores, y quizá alguna gira, y quién sabe si... etcétera, etcétera. El hijo tocaba bastante bien el acordeón, la hija tenía buena figura y no bailaba mal, y mi hermana la mayor tocaba tanto el acordeón como la guitarra. Así que se pusieron a ello, y llegaron a tener un mediano repertorio de obras populares y amenas, hasta que luego, como vino, el sueño se esfumó.

Pero seguían adelante, siempre adelante. Paco seguía tocando la guitarra, cómo no. Todos los días se levantaba antes del alba, armaba una buena lumbre, hacía café y se ponía a tocar con el mismo entusiasmo de siempre. Frecuentaba muchas peñas flamencas de la provincia, donde aliviaba su nostalgia por la farándula y el arte. Y en aquellos años de retiro campestre, también tuvo tiempo de poner a prueba sus dotes de inventor. Entre otras muchas cosas, inventó un artilugio para ordeñar las cabras en alto, sin tener que agacharse. La cabra subía por una rampa de madera, era afianzada arriba por una trampilla y una especie de collar de hierro, a la vez que se la entretenía con un poco de pienso en un comedero hecho al efecto, se abría luego el collar y la trampilla y la cabra, ya ordeñada, bajaba por una segunda rampa que había al otro lado del ingenio. Tanto les gustaba el invento a las cabras, que la que bajaba se ponía otra vez en la cola para repetir la operación. Eso sí, mientras Paco ordeñaba una cabra, mi hermana ordeñaba a todas las demás. Pero Paco era así, un artista para el que el tiempo no contaba. Las cosas, o se hacían con finura y con jeito, o no merecía la pena hacerlas. Inventó también diversas trampas para la zorra, una parrilla gigante con un espetón movido por un viejo motor de lavadora para asar cochinos enteros, un sistema de cables de acero para arrancar sin apenas esfuerzo troncones de encina y raíces de jara, un carro basculante basado en las leyes de la palanca...

Ahora sí que toco bien la guitarra, me decía en aquellas noches de abril. Creo que ya he descubierto el secreto del toque. Se trata de dejar las manos sueltas, que ellas solas hagan su oficio. Todo el negocio del arte está en las manos. Ellas son las que saben. Pero esto es solo un resumen; ya te contaré lo demás. Y vente pronto para acá, que ahora el campo está más bonito que nunca.

El día 16 de abril, sábado, se acercó por la mañana al pueblo para comprar un poco de pescado y marisco. Tenían invitados y querían hacer una buena comida, un arroz con todo tipo de ingredientes, y antes unos aperitivos con vino de su propia cosecha, un vino turbio y muy sabroso, de cepas viejas en tierra de arenisca, y después de comer sacarían las guitarras y los acordeones y entre todos formarían una buena jarana, que duraría hasta bien entrada ya la noche. Se aparejaba, pues, un inolvidable día de primavera.

Fue al pueblo, vinieron los invitados, sacaron el vino y los aperitivos, y hubo un momento en que mi primo Paco, con un vaso de vino en la mano y un altramuz en la boca, se acercó a la puerta de la cocina para ver el campo, o quizá para escupir el pellejo del altramuz. De pronto se encogió sobre sí mismo y se volvió con la muerte, que era de color verde, pintada en la cara. Hizo con los dedos de la mano izquierda la figura en forma de garra que le había enseñado el curandero portugués contra el infarto, pero de nada le valió.

Lo enterramos al día siguiente. El albañil que tapió el nicho era cantaor aficionado, muy amigo de Paco, y trabajó entre lágrimas, pero con precisión y con finura. Yo pensé que a Paco le hubiera gustado verlo trabajar, hacer las cosas lo mejor que uno sabe, si no con virtuosismo por lo menos con arte. Tal como él fue: un artista de la vida. Una de las últimas veces que estuve con él, viendo a unos atletas en la televisión, dijo y sentenció: No he de morirme yo sin dar un salto mortal. Y tenía ya bien corridos los sesenta.

Dentro de un mes visitaremos en el campo a mi hermana la mayor y tendremos ocasión de ver de nuevo las guitarras de Paco, los inventos de Paco, y de echar un vaso del vino que elaboró Paco: los escombros de un sueño.

Con algunos parientes, en la salita de estar y alrededor de la mesa camilla, volveremos a nuestros viejos e interminables coloquios y a nuestros bien orquestados silencios, inspirados todos en la memoria colectiva. El brasero de picón ahora es eléctrico, donde está el televisor antes había una radio, que fue el objeto más lujoso que tuvimos nunca, con botones de nácar y un dial que al iluminarse parecía un retablo cuyas divinidades eran las grandes Capitales del mundo y su música celestial los ecos de las ondas que llegaban de aquellos lugares remotos, y los muebles son ya otros, pero lo que queda de entonces es suficiente para preservar la estampa inconfundible del ayer: en las paredes las grandes fotos enmarcadas de mis padres jóvenes y de sus hijos en el día de la Primera Comunión, el dormitorio adjunto, separado por una leve puerta de cristales velados con visillos de encaje, donde mi madre nos trajo al mundo, y donde, además de la cama, de la cómoda y del ropero, en otros tiempos había un sillón y, a sus pies, una preciosa piel de zorro. A aquel sillón lo llamaban la descalzadora, y no se usaba nunca, ni siquiera para descalzarse. También en el chinero de la cocina quedan algunas piezas antiguas de loza y de cristalería sin estrenar. Hablamos y hablamos hasta que es casi de noche y las caras apenas se distinguen en la bruma de la penumbra, pero nadie se decide a encender la luz, tal como se hacía antiguamente, y en la oscuridad las voces suenan lejanas, como distorsionadas, y la conversación va declinando al compás de la tarde.

También el zaguán conserva (aunque lo que antes era tosco y campesino ahora se ha convertido por obra y gracia del tiempo en estilo sofisticadamente rústico) las mismas lanchas crudas de granito, y en él hay empotrada en la pared una alacena con celosía donde, entre muchos cachivaches pertenecientes a épocas diversas, está *El calvario de una obrera o Los mártires del amor,* que a mí me gusta abrir al azar queriendo oír en la escritura la voz vibrante de mi padre leyéndoles a los segadores en una noche de verano de hace sesenta años. Y ahí siguen el corral, las viejas cuadras, las paredes descalichadas por los fríos y las lluvias, el pozo, una hornacina hirviente de flores, las canales de latón, las tejas cubiertas de verdín. Y de aquí para allá, transitando ingrávidos y errantes por estos espacios que son a la vez vericuetos de tiempo, los pálidos fantasmas del ayer. Las voces del ayer sonando por un momento en la memoria con la misma nitidez que las campanas del reloj y los chillidos de las golondrinas. Pero como le pasó a mi madre cuando fue a visitar muchos años después los campos y casas de su infancia, estos lugares pertenecen ya a lo soñado más que a lo real. En el presente, carecen de sentido, como esos armatostes que un día fueron útiles y que ahora solo sirven de estorbo o de curiosidad decorativa. Solo me emocionan, estos lugares, si cierro los ojos y los veo en el pasado, habitados por sus antiguos moradores. Y en cuanto al camino, ahora asfaltado, que va del pueblo al campo, y por donde yo emprendía de niño los más fabulosos viajes que uno se pueda imaginar, ya solo existe en la memoria, y solo en ella es posible volverlo a recorrer.

Si me asomo a la calle, igual. Todo sigue tan bullicioso y alegre como antaño, pero apenas queda nadie de los tiempos de mi niñez. Casi todos han muerto, y los jóvenes emigraron hace ya muchos años. Uno siente entonces que esa alegría y ese bullicio no tienen nada que ver con él. Uno es un forastero; o mejor, un fantasma que vivió hace muchos años y que ahora camina por un mundo que le es ya casi ajeno. Las casas, las calles, los caminos, los rincones tan queridos en otro tiempo, la plaza. ¿Y la gente gorda, por cierto, qué ha sido de ella? ¿Y qué fue de la mujer más rica y hermosa del contorno? El casino de ricos, con sus terciopelos y sus grandes espejos, hace ya tiempo que es una cafetería moderna abierta a todo el mundo, y donde antes había camareros serviciales con lúgubres uniformes de gala ahora hay muchachas con vaqueros, camisetas con logotipos exóticos y zapatillas deportivas.

Parece que todo ocurrió hace ya mucho tiempo y en un país lejano, como se dice o se decía al empezar los cuentos, y en efecto, las cosas han cambiado tanto desde mi infancia que a veces tengo la sensación de haber vivido muchos, muchos años, casi un siglo de historia, o quién sabe si más. Los campesinos de ahora ya no se parecen en nada a los de antes, ni en usos, ni en lenguaje, ni en estilo, ni en mentalidad. Los campesinos de ahora son todos medio urbanos. Las finezas de aquella cultura milenaria han desaparecido casi por completo, y en cuanto a las leyendas y decires que sustentaban una visión mágica de la naturaleza, sencillamente ya no existen. Todo eso ha pasado a disposición de historiadores, sociólogos, antropólogos, lexicólogos, etnógrafos, folcloristas y demás estudiosos, que ya han empezado a remover las primeras ruinas de aquella época, que fue la postrera del inmemorial mundo campesino. Esa sensación de estar fuera del tiempo, no solo existencial sino también histórico, agrava el sentimiento de extranjería que me asalta cuando regreso al pueblo. Definitivamente, solo cuando vuelva a estar lejos podré recuperar y amar de nuevo estos lugares.

Caminando por ellos, recuerdo con una tristeza que ya no duele los años en que vivían todos los que murieron y que están ya a punto de volver a morir a manos del olvido. Muertos y rematados. Del mismo modo que no sé nada de mis bisabuelos, y menos aún de ahí para atrás, los que nazcan dentro de veinte o treinta años no llegarán tampoco a saber nada de nosotros. No seremos ni siquiera fantasmas. Quizá ni siquiera un nombre flotando a la deriva de los tiempos. Pienso entonces que acaso estas páginas puedan servir para que lo vivido no se pierda del todo, y para que algún día los futuros descendientes de los hojalateros ambulantes puedan captar un destello, un eco, de las vidas anónimas de sus antecesores... Qué se yo. Que se oiga, o se imagine oír, el alegre o triste repicar de la vida a través de los siglos. Que se sepa, y no solo con el pensamiento sino ante todo con la cercanía de los sentidos y del corazón, que se vivió, y se soñó, y que si en ese desear y afanarse ningún acto llegó a ser del todo provechoso, tampoco fue del todo en vano. Y que la sangre que circula por nuestro cuerpo circula también por los siglos pasados y circulará por los venideros hasta el fin de los tiempos...

Mi madre sigue con sus planes para el pueblo. Misterios hay muchos en el mundo, pienso yo al escucharla. El simple hecho de vivir es uno de ellos. Pero de todos, el más profundo quizá es ver cómo la gente en general vive de espaldas a los misterios mientras habla con gran autoridad y erudición de las cosas menudas de la vida. Tenemos que hacer esto y lo otro, dice, ver a Fulano y a Mengano, comprar salchichas y tocino viejo, que le da muy buen sabor a la sopa, coger un poco de laurel y de orégano, buscar a un hombre que blanquee el corral este verano y que arranque las hierbas, comprar cuatro o cinco quesos, mirar las humedades, llevar un obsequio a prima Angelita, que ella siempre que vamos nos manda unas docenas de huevos y unos dulces y hay que corresponder, y otro queso y otro kilo de salchichas para la médica y la enfermera que la atienden en el ambulatorio, y poner en las ventanas del desván una tela metálica para los pájaros, que lo ensucian todo y todo lo estropean, ir a buscar cardillos y criadillas, y si es buen año de habas comprar cinco o seis kilos, y oyéndola yo pienso que así es la vida, que así ha sido siempre, y está bien que sea así. En cada instante, en cada frase, en cada suspiro, en cada pequeño acontecer, lo trivial y lo misterioso van a partes iguales. Eso es todo, y no hay más que contar. Un grano de alegría, un mar de olvido.